頁行 BOOK

画屏春

刘贞 著

北京时代华文书局

图书在版编目（CIP）数据

画屏春 / 刘贞著. -- 北京 : 北京时代华文书局,
2019.12

ISBN 978-7-5699-3340-6

Ⅰ. ①画… Ⅱ. ①刘… Ⅲ. ①散文集－中国－当代
Ⅳ. ①I267

中国版本图书馆CIP数据核字(2019)第273961号

画屏春
HUA PING CHUN

著　　者 | 刘　贞

出 版 人 | 陈　涛
选题策划 | 页行文化
责任编辑 | 周连杰
装帧设计 | 格・创研社
责任印制 | 刘　银

出版发行 | 北京时代华文书局　http://www.bjsdsj.com.cn
北京市东城区安定门外大街 136 号皇城国际大厦 A 座 8 楼
邮编：100011　电话：010-64267955　64267677
印　　刷 | 北京盛通印刷股份有限公司　010-52249888
（如发现印装质量问题，请与印刷厂联系调换）
开　　本 | 880mm×1230mm　1/32　印　张 | 8　字　数 | 160 千字
版　　次 | 2020 年 5 月第 1 版　印　次 | 2020 年 5 月第 1 次印刷
书　　号 | ISBN 978-7-5699-3340-6
定　　价 | 39.80 元

C'est la vie

为纪念他们在岁月中所绽放的勇气，
为提醒自己是这样长大。

凡例

已对文中明显错字予以订正，为尊重作者的写作风格，

对作者特殊的用字习惯、方言用法未做改动。

目录

CONTENTS

写在前面的话

小时候听家里长辈们讲从前的事，像说书一样。那些黢黑的往事里，负重前行的人影，有的已经模糊，有的已经远去，有的已经寂灭。在故事里，他们被断续纪念，在故事里，时光被短暂点亮，我常常感慨，人活这一世，要踏过多少泥淖荆棘，要挨过多少颠沛流离。我们父辈所经行的人生，蒺藜丛生，连欢乐也质地厚重。

中年时，我终于开始写长辈们的故事，他们忧患重重的青春，负累沉沉的壮年，四顾茫然的晚年。记录这些故事的片刻，是我和我父母的青春相逢的时刻，也是我和我的童年再见的瞬间。记录这些往事，是为了纪念他们在岁月中所绽放的勇气，也是为了提醒自己我就是这样长大的，而长辈们，在我长大的路上，就这样一日日老去了。

我不是有资格写自传的人，上人们也都是平凡的人，但我年纪越长，就越仰慕他们的勇气，也越觉得他们的故事才是我该认真记录的。

谢谢每一位阅读我故事的人。

泅进岁月里，我们都是故事里的字节。

以上。

C ' e s t　l a　v i e

那没有人纪念的青春和爱恨。

写下来，

像一场短促花事。

I

旧时 烟云

杳如黄鹤的两个女人

❶

爷爷去世时，我两岁，所以我对他的印象不深。家里也找不到一张他的照片可供追忆，我的思慕无法发酵，从来只是瓮结的一团。若是遇到“我的爷爷”这类作文题，只能从爸爸和二叔的脸上用排除法，去掉像奶奶的那部分特征，组合拼接成他可能的模样。听二婶和妈妈说，爷爷个子不高，比爸爸温柔，比二叔明理，是家族中女性普遍怀念的对象。

爷爷出身农家，太爷爷懦弱，太奶奶

多病，日子很不景气。为了撑起门楣，爷爷小小年纪就去了新疆揽活，起初是拾棉花，后来是贩葡萄干，属于早期的外来务工人员。爷爷打工揽活挣下的钱，就寄回家里，贴补弟妹。后来，爷爷认识了一个当地姑娘，两个人要好，跟着一起回了陕西。

爷爷不敢明目张胆地把她领回家，就把她安顿在省城的旅馆里，自己先偷偷跑回村里。太爷爷太奶奶见了大惊，说这回捎书咋这么快，才两天就收着信回来相媳妇了。原来家里已经给他议定了一门亲事，对象就是我奶奶。

奶奶家是书香门第，奶奶的伯父是有功名的贡生，父亲是一位秀才，以诗书闻名四里八乡，位望崇高。比起来路不明的外乡姑娘，秀才的闺女自然才是君子好逑。爷爷的自由恋爱没有得到舆论支持，拗不过父母，只好回西安城和姑娘话别，把她送回了新疆，这一段短暂明丽的情事在深冬告结。开春，爷爷娶了奶奶，后来生了姑妈和三个儿子。

这段故事是初二那年，奶奶去世以后，二婶收拾遗物的时候告诉我的。她说你爷爷这一生，太委屈了，当时若是娶了那个新疆来的姑娘，可能还能过几年舒心日子。

在母亲和二婶的语气里，奶奶倒也不是恶婆婆，不过家族里鲜少有赞她开明可爱的，普遍说奶奶没有继承秀才家的儒雅家风，性格粗粝，脾气倔强。她眼睛不好，针线活计做不来；自矜身份，也不大去地里耕作。贫贱夫妻百事哀，加上没有爱做甘草，两人常因琐事生隙，发生口角进而动手，龃龉不断。有一次争吵中，奶奶失手打伤了爷爷，大概是盛怒之下用酱菜缸上的石头还是顶门的门闩砸了爷爷的前胸。爷爷本就身体不好，卧床一两个月，农活越发做不动了。

姑妈和爸爸小小年纪开始持家，姑妈性情柔弱，受制于高堂，唯唯诺诺。

父亲敏感要强，遭人眉高眼低，常怀忧愤。少年时，两个人各有各的辛酸。父亲说收麦子的时候，别家都有精壮劳力出工，如狼似虎的一群小伙子。他们只有姐弟两个，挥着镰刀，弯着腰，只觉得自己被困在当中，两边望不到头的麦秆，没有什么丰收的喜悦，只有一腔子说不出的酸苦。几乎一直在劳作，可家里常常没粮，上学前，去咸菜缸里捞一口咸菜吃了，然后去水缸里舀一瓢凉水，咕嘟咕嘟灌下去，肚子滚圆中带着饱足的幻觉去上学。彼时的梦想就是可以不用下地劳作，能躺在炕上，从正午到黄昏，一伸手，笸箩里就有吃不完的爆米花就好了。

爷爷会算账能识字，在村里人望很好，加之三辈贫农，所以被选为村支书。态度谦和，行事公正，在乡亲间口碑甚好。父亲初中毕业就开始务农，十八岁那一年，村子旁边被政府征地，修起了跑道，来了很多搭帐篷搞建设的工人，操着南腔北调在村里借水借火，后来军工厂盖好了，开始招工。奶奶固执地认定当工人就是风餐露宿，沿门乞讨，舍不得心爱的大儿子去受苦。父亲则很坚决地认为，只要不用割麦子拉架子车，干什么都成。比起面朝黄土背朝天地过一生，拿着搪瓷缸子、穿着灰蓝制服的工厂生活实在太有吸引力了。

爷爷和村会计商量，把两家的大儿子的名字写在了招工推荐名单上。

父亲后来回忆说他去厂子报到前，爷爷把他叫到面前说："家里艰难，你爸也没本事，只能给你帮上这一回忙了，往后自己好好干，过上舒展的日子。”

父亲十八岁，和同村的李胜利一起，成了工人，人生从此转向。学徒期拿十八块钱，领两块劳保肥皂，有了属于自己的白毛巾和搪瓷缸子。因为心灵手巧，转正第二年就当了模范青工，十几寸的大照片被贴在工厂宣传栏里。那张相片现在还在我们家的相册里收着，照片上的父亲两颊深陷，营养不良而少年白头，跟我童年时认识的父亲判若两人。

爷爷是一个羸弱而沉默的存在，几乎令我无从追忆。我不记得他曾抱过我，也不记得我曾经亲过他。听说晚年他基本上在病榻上消磨。因为气管炎发作，五十八岁就去世了。

父亲很少提起爷爷，后来提起时也语气平静，听不出情感的烈度。母亲和父亲吵架的时候会说，你们家人都不讲理，除了你爸是个好人。

后来我问过爸爸，爷爷那个新疆女友的故事，爸问你听谁说的。我说二婶说的。爸很扭捏，说，你二婶也真是的，跟你说这个干吗？他承认是有这么个人，奶奶模模糊糊的也提起过。我说爷爷和奶奶处不好，是因为她吗？我妈就在旁边撇撇嘴说，唉，能跟你奶奶处得好的人，这世上还没有呢，你爷爷的脾气真是没话说了。

我问他们那女孩长什么样啊，好看吗？上过学吗？是汉族还是少数民族呢？后来下落如何了？她回新疆的时候是怀着什么样的心情？回去之后还来过吗？在我心里，爷爷挺像《金锁记》里的长安，那时候以一个苍凉优美的姿势结束了青年，息心认命在两亩黄土上负轭前行。沉默的中年里，那个不知名的女子，也应该一直活在他的心里吧，以年轻的样子。

爸摇摇头，说未必，兵荒马乱的，带着一家老小，在这尘世里头奔生活，能活下来已经不易了，哪还有工夫想到她。

我还要问，我妈就来打击我，说要不我烙两个烧饼你挂在脖子上，绕世界打听去吧。我常常会想我家族史里出现的这个女配角，杳如黄鹤的女子，后来怎么样了。因为这个故事，爷爷在我心中，本来是挺苍白的形象，却镀上了一点绮丽的愁思。

❷

大外公是我妈的大伯父，外公家有兄弟三人，幼子早夭，大外公早年离家去省城当学徒，留下外公在乡间陪伴父母。起头是在点心铺里帮工，后来去了自行车行上班，所以尝过好吃食，见过若干时髦人物，比起一众乡民，眼界广博得多。大外公身形庞大，容貌轩敞，据舅舅说，身高接近一米九。听说晚年时，腰背仍旧不驼，一辈子风度洒落。

大外公离家的时候，还没定亲。后来家里给他收了一个童养媳。饥年有个来逃荒的河南女子，把小闺女扔在外公家，说抵两袋苞米就行。小姑娘就这样在外公家长大，取了个名叫葱儿，听说和外曾祖母相处得挺好。大家就商量说不如长大点给老大当媳妇。外曾祖托人给大外公捎信儿，告知他这门婚事，还附上了小照一张，大外公不置可否，这件事就算是定了下来。

大外公在外打工，自给自足。家里生计尚可时，也无须他特别贴补。后来乡间大旱，外曾祖背着褡裢去西安城里找大儿子谋划，想总能拿回几块银钿或一袋米面回去救急。孰料大外公领着他吃了一碗羊肉泡馍，问明来意之后，两手一拍，说，我没有钱呀，我哪有什么积蓄，你看这花花世界，一个人咋能攒得住钱吗！吃泡馍的钱，还是我跟掌柜手里赊的工钱呢。

外曾祖大怒，说，你个不肖子，饿死你爹我不要紧，饿死你妈你也忍心，那我还给你养媳妇呢。大外公笑起来，说，媳妇又不是我自己要讨的。外曾祖气血上头，随口说好，那我回去把你媳妇给卖了去。大外公说，随便啊，你想卖就卖好了。钱我是真没有，这有一张易俗社的戏票，你来一趟省城也不容易，看场大戏再走呗。

外曾祖羞愤交集拂袖而去，连夜回了乡里，站在黑漆漆的田垄上抽了一通旱烟，回到家召集众人，怒言，老大说他没钱，交代我把他媳妇卖了，顶他这三十年的养身钱。外曾祖转身就找了媒婆，两斗麦子把童养媳卖去了山东。听说那姑娘抱着外曾祖母不撒手，外曾祖硬起心肠说，葱儿，你别怪爹，是你男人要把你卖了。你这一走，找个好人家，也能过几年太平日子，也是爹对你的心意，比守着这么个饿死爹娘不管弟妹的祸害强。

自此，父子俩几年里再没有交涉，大外公不孝子的名声摇了铃，传至整个县城。

解放了，大外公回来了，拎着个包袱，说城里也没意思，要找他媳妇回家过日子，气得外曾祖一口老血吐出来，说，你媳妇没了，那一年听你的话，已经卖了。不管是葱儿啊还是韭儿啊，你就别惦记了。大外公吃惊之下，也不吵闹，只说也好，光棍一个，无牵无碍。爹你犯起浑来，跟我是一模一样的。外曾祖拾起根棍要打他，被家里人拉开，生了一场大病就过去了。

从此，兄弟分家，他在前院，外公在后院，以核桃树为界。他吃得仔细，食不厌精，脍不厌细。他自己开灶，很喜欢舅舅，常常招呼他去吃白面馍馍、肉臊子细面。妈从小听他的光荣事迹，一直觉得他太堕落，立场坚定地抵制他的不良影响，自觉划清界限。看到他招呼，也佯装不睬。

开始大家都揣测他手里应该有些积蓄，颇有些寡妇失业的托人上门来探路，都被他撅回去了。大伙想起来早年间他由着家人自生自灭的惫赖事迹，想这老绝户大概是预备好了守着银洋孤独终老吧。舅舅曾经问过他，大伯，你挣下的钱呢，都哪儿去了。大外公摊开手说，瓜娃娃，省城那花花世界，花钱太容易了，攒钱才难呢。

没人知道他在西安城里几十年，过得如何，交往过什么人，有什么遇合。我常想他大概是我们家族里第一位生活艺术家、享乐主义者，不恤人言，不惧物议，自私自利又聪明伶俐。

我问我妈，大外公一生未婚，有相好的女朋友吗？妈说有呢，他常有省城里来的信。回来七八年以后，他的相好带着女儿来乡下看他，那个姑娘叫他秦叔。晚上姑娘和妈睡在一起，临走时把自己的镯子套在妈的手上。妈说那个当妈的长得挺好看的，眼睛里笑纹一荡一荡的，走路的样子也秀溜[1]。不知道她和大外公是如何认识的，也不知道两人当日为什么没成。

妈被招工进食品厂那年，大外公在前院去世，一段故事就入

① 秀溜，轻巧灵活。

土了。等我听到，就是爸和妈产生口角玩笑的时候，爸会说，你妈家盛产败家子，最有代表性的就是她大伯。后来我妈但凡看我不顺眼，也会抛下一句评论，说你就跟你大外公一个德行，好吃懒做。说得多了，我觉得精神上和他还有点亲近。

对这个大外公，我非常神往，我对他充满好奇，我觉得任何一个无父无子的败家子都不是天生的，一定都有沉郁的心事。

我想他的故事大概能写一部章回体，又像《秋海棠》又像《夜深沉》，我还很好奇那个被人叫作葱儿的童养媳，虽然比不得兰花矜贵，可她也有过青翠韶华，她后来在异乡有否遇到良人，最终又在何处安老？想到那个几乎未曾谋面的前任未婚夫时，又是怎样的心情？

这是两个活在我亲友口述里的女人，隔得越远，面目越模糊，我常常想起她们那没有人纪念的青春和爱恨。写下来，像一场短促花事。

作为家族故事的第一节吧。

泥泞尘世里的得意缘

大外公浪荡在外的那些年，外公一直在家侍奉父母，二十五岁时，外曾祖给做主，娶了邻村的周姓女子。媳妇面目不美但性情平顺，和翁姑相处甚好。婚后一直没有子嗣，好不容易怀上了，临产时才发现孩子的脚先出娘胎，乡间生产只靠产婆的经验，遇到难产，几乎命悬一线。一通忙活，孩子平安落地，可是媳妇大出血，熬了一夜，天亮竟故去了。留下的女孩，起了个浮皮潦草的名儿，叫韭黄儿。

之所以叫这个名字，是因为媳妇孕期里一直想吃韭黄馅儿的饺子。寒冬腊月，找得来白面也找不来韭黄啊，临死前媳妇也没偿了这个心愿。外公给闺女起这个名字，纪念他发妻那一腔幼细的委屈和绵长的不甘。

那时候外曾祖还在，和外公两个男人服侍不了小婴儿，于是找来娘舅商量，决定把孩子送给别人养活。韭黄儿就到了十里外的丁村，从此改名丁韭黄。十五岁时回来找亲爹，还是一腔怨愤，说都是名儿起得不好，韭菜易老，不当行时，猪都不拱。她指着那时候八九岁的我妈妈说，当初为啥不把莲送给别人呢，爹就是偏心。外公抹了一把眼泪说，瓜娃娃，那时候你才一拃长，你玉兰姨还没过门，哪来的你莲娃妹妹吗？

外公独身三年以后，解放了，大外公回来了。一家三个光棍，日子着实戳眼。有热心的媒婆登门来说媒，外曾祖说老大是个逛货，老二是实在庄户人，先紧着老二说。大外公端着杯香茶说：“我爸说得对，老二早该续一房媳妇。这事我也有点意见，虽然说是娶妻娶德，娶妾娶色，心眼实在，是好，可也不能模样太寒碜，跟韭黄儿他娘似的。”

外曾祖鞋底飞出来之前，媒人已经笑眯眯地拦住了，说这回这个长得好，是百里挑一的人才，不仅俏丽而且能干，地里灶上一把抓。男人前两年参军死在潼关了，留下两个孩子，自己想往前走一步，跟老二正合适。说完拿出来一张照片，照片上的外婆白衣黑裤，发髻油亮，大眼高鼻，五官俊美。外曾祖说长得好不顶啥，庄稼人娶媳妇，能踏踏实实过日子就行。

两下议定，下了聘礼，乱世滔滔，百废待兴时，外婆坐了轿子，挎着包袱，勇敢地迈向了她的第二段婚姻。从此和外公相伴五十八年，恩爱无间。

1954 年，外公和外婆的长女出生，就是我妈，乳名叫莲。

外婆再嫁时，从前的婆母没有反对，只是说，新社会了，我不能挡你的生路，你走可以，把两个孩子给我留下，孩子这一世都要姓陶。我儿子不在了，还有孙子给我们家顶门立户。村里的干部做了几回思想工作，老太太死活不肯让步。外婆擦了擦眼泪，说，在他们亲奶奶手里，我也没啥放心不下的。孩子大了要认亲妈，谁也不能拘他们一辈子。

妈打小就知道她有个叫韭黄儿的姐姐，有个叫柳生的哥哥，还有个叫柳絮的姐姐。妈四五岁的时候，外婆领着她去几里外乡的小学校等放学的柳絮姨妈，姨妈躲在教室里不出来。柳生舅舅出来见她，说，奶奶交代了，看见你就只当看见死人了。外婆把做好的鞋子交给他，说鞋是妈做的，鞋面鞋底子用的糨子是你莲娃妹妹打的。你看在妹妹的面子上，留下来。

第二次去，柳生舅舅也不见她了。第三次去，柳絮姨妈悄悄地让同学给外婆捎话，说在学校西边的小河沟见面。她说奶奶把鞋扔了，说她还没瞎呢，还能给他们兄妹俩做鞋，陶家的孩子不穿外姓人做的鞋。她从书包里拿出个小本本给妈，说，你叫莲，我是你柳絮姐。妈说柳絮姨妈特别像外婆，身材修长，修眉俊目，嘴巴不像外婆，大概是像她爹，那个姓陶的英年早逝的后生。妈把口袋里的馍片塞给她，说，给，姐路上饿了吃。

当时外公因为擀面擀得好，在公社食堂里头做饭，能拿回来一些馒头、肉和菜，外婆常常在小学校外的河沟里等着姨妈，偷偷塞给她。姨妈说有一次她吃馍被她奶奶发现了，问她哪儿来的，她说不是偷的。她奶奶大概猜到了，但是没说啥。外婆受了鼓舞，就给了她一碗甜饭，说老太太以前爱吃这个。姨妈高高兴兴地端回去，老太太把碗连甜饭一块儿扔到羊圈里了，说，不食嗟来之食，你听过没？

再往后，三年自然灾害来了，舅舅落地。家里多了一张嘴吃饭，钱粮不继。为了一棵长在界碑上的树的归属，两个生产队的男丁发生了械斗，外公在混乱中弄伤了腰背，赋闲在家。村子靠近河川，设有采石场数间，两岸造纸厂正在兴建，外婆给舅舅断了奶，交给妈妈照顾，开始在采石场挖石头。干起重活，跟一般男人一样不惜力。妈背着弟弟，踩着板凳站在灶台边炒菜、煮面。再大一点时，就和小伙伴们一起走二十里路去捡拾地里没收干净的棉花。村西头是铁路，她混在妇女婆子们中间，在铁路边等运煤的火车，火车经过时大家一拥而上，在停车的几分钟空档里，尽量扒满一提笼的煤核。后来妈跟我讲她童年时的事情，都是以愉快的态度当作趣闻来描述的，她讲得轻松自在，我听得惊心动魄。

伤养好了，外公开始代替外婆去采石场干活。队长说，你腰刚好，哪能干这活儿，我有个亲戚在军工厂食堂科，他们那白案上缺人。你原来在公社食堂帮过忙，你去那问问他，看他能给你安排个活计不。外公找到了这人一问，人家说来晚了，前天已经有人上班了。但又看外公可怜，就跟他说，你帮我个忙吧，隔几天你来一趟，帮我带点东西给我大姨姨夫，外公就隔三岔五把食堂科同志给的鸡蛋小米运回乡，做了人肉快递。食堂科同志会预留一份米面给外公，说是给娃包个包子吃。外公把这点宝贝米面拿回来，外婆掺上榆钱、槐花、灰灰菜、茼蒿，一家人糊弄饱肚子，算是没有挨饿。后来出了缺，食堂科同志推荐了外公，他就当上了临时工。记挂乡下的妻儿，他常常半夜走夜路回来，从大褂下边掏出几个馒头，一把粉条，几个洋糖，怕被人发现，趁夜又赶回去。舅舅把洋糖拿给大外公，他吃了，批评说，唉，这味太淡，奶油牛轧糖才好吃，你这糖一股煤油味儿。外公回来听说了，摇摇头批评说，他大哥这一辈子，真是倒驴不倒架。

三反五反的时候，大外公被揪上去批斗，有人说他不是产业工人也不是进步士绅，在城里还当过两年车行二掌柜，拔高一点算资本家呢。大外公宠辱不惊，说，资本主义生活我也见过一点，资本主义的电影我也看过。他还准备展开了讲，外婆站起来揭发说，你算是个啥资本家，你的纺绸衫子早都洗破了，你现在穿的大裆裤还是老二的呢，你这一把年纪了恓惶得连个养老送终的娃都没有,你还在人前显啥能呢。一阵哄笑以后,大外公被撵下了台。后来外婆跟妈说，她那天说的也是实话，没想到还救了你大伯。

那天晚上，心有余悸的外公蹲在村头大槐树底下抽烟，为一家子的生计犯愁。有个没见过的外乡人从城门楼下过来，看了他一眼，跟他说，兄弟你帮我个忙，我这有个包袱，你帮我坐在屁股底下，有人来你也别动，有人问你，你就说这半晌压根没见人。外公听了他的话，接过包袱放在身下。坐了半晌，没有人来，也不敢回家。等到一袋子旱烟抽完了，天快亮了，这人也没回来。

外公把包袱扔进大槐树的树洞里自己回家了，完了憋不住还是绕到前院敲开了大外公的门，跟他讲了这件事。大外公来了精神，说这个包袱里装的啥，你知道不？外公摇头说不知道，接过来时只觉触手是硬硬的。大外公一拍大腿，说，你傻呀，那肯定是地主后人怕被抄家藏的银圆，快去看看。兄弟俩再去大槐树里头拉，东西没了。

想想像一个梦。外公有点遗憾，外婆主意倒很正，说来路不明的钱财不能沾身，那就是祸害。你咋知道这人是落难的地主呢，说不定还是山上的土匪呢！

大外公说一注横财化青烟呐，老二你这一辈子也就是个受穷的命。

家里日子紧巴巴地过着，柳絮姨妈那边传来消息，说她奶奶不行了，想吃一口肉包子。外公想办法割了几两肉，又讨了些板油，外婆炼了些油渣，揪了几根窗户下面养的小葱，给她婆婆做了几个包子，领着妈和舅舅送去。

老太太硬气到最后一刻，说你那个手艺，包子一定咸，我不吃。

老太太过世以后，柳生舅舅和柳絮姨妈正式开始和外公家里走动，称呼外公季春叔。韭黄姨妈也上门认亲，叫外婆玉兰姨。

后来柳生舅舅参军又复员，娶了媳妇，顶起了老陶家的门楣；柳絮姨妈高中毕业，在小学校教书。妈得到了招工的机会，外婆有了一个拿铁饭碗的闺女。妈以外公家长女的身份自觉，以外婆的明亮果决，撑起家计数十年。

妈幼年失学，跟家境有关，但更主要的是外公外婆重男轻女，着力栽培舅舅。妈后面的两个孩子，舅舅和小姨都念到了高中毕业，高考失败，在家务农。妈天资聪颖，但少诗书滋养，行事全凭直觉，一腔好强的义勇，每遇家事赴汤蹈火，不计利害，在亲族面前显扬孝道，却每每令爸为难。家里的争执常因此发端。

爸对外公外婆观感复杂，一半是为了心疼妈，觉得她愚孝，颇为她不值。爸常对我说，你将来要是成家，不要过分牵记我们，更不可因为娘家的事影响自己的生活。外婆大概也不是爸眼中理想的岳母形象，啰唆、太强势，但是爸也说他顶顶佩服外公和外婆一点，就是两位实在恩爱，外婆一生热爱她的丈夫，对婚姻无限投入。在乱世中，两个人相伴着，不离始终，养大三个儿女，也算是一段得意缘。

外公年长后，耳背严重，同别人交谈总觉得费劲。外婆嗓门洪亮，两个人聊天时基本上是一个从丹田发声吼喊，一个眯着眼点头如仪。我们在旁边，只觉得一阵一阵滚雷飘过，他们俩有唱有答，一派祥和。

搞清楚我妈家亲戚的谱系，稍花了一点功夫，我有姓丁的姨妈，有姓陶的舅父。他们有不同风格的眉毛，有不同形状的嘴角，微笑的气质和生气的方式也大异其趣。我常想，乱世里，人生活得越长，线索越波折，任何一个人的故事摘出来，都是醒世恒言的品格。

外婆韶龄出阁，虽然上人严厉但是丈夫温驯，少年夫妻，郎才女貌，可能那时候也以为就是一生一世了。兵戎一起，可怜负弩充前任，曾被烽烟屡受惊。转眼春闺梦里人，已成无定河边骨。我尊重外婆在岁月里的勇气，她朝前迈了这一步，为自己多赢得六十年生动的日子。

外婆是我亲戚里最美丽的女子，她一生爱美，最喜着白衣黑裤，挽着髻，我妈没有完全遗传到她的美貌，到我这里，连她的百分之一都没了。外婆是急性子，晚年雪中起夜，摔伤了腿，医生嘱托她要静养，伤口刚好，她捺不住性子，执意下床，骨头没有长好，彻底错位了，外婆从此只好拄拐。但是她脾气不改，甩开双拐，跛行依然迅捷。到了七十岁，她仍然自己缝衣服，纳被子，后来穿针的时候开始找不到针眼，妈和柳絮姨妈还以为她在装呢，逗她说，你是不是学高家湾的老姨呢。妈说那时她才恍觉，一生意趣高昂性情刚烈的母亲，也终于到了暮年。

外公活到了八十九岁。他走了以后，外婆明显沉默，越来越佝偻。舅舅从打工的场所回来时，会特别去她住的前院，听她以洪亮的嗓音报告一周来的村里要闻、亲族琐事。外婆在时，我常觉得她吵，如今她不在了，我偶尔会想起那个农家小院，核桃树下，一边摇扇子一边念关中歌谣哄我入睡的白衣黑裤容颜娟秀的外婆。这一晃，我也是中年了。

相逢是春天

1974年春天，爸路过胜利路口的五一食堂，去中医院给爷爷拿药，被出来抽烟的食堂科职工刘老虎叫住了。刘老虎是爸的同乡，身高体胖，一看便知，不是领导就是大厨。老虎拉住他，说你干啥去。爸说爷爷哮喘又犯了。老虎说，你家里的愁心事咋跟韭菜似的，割了一茬又一茬。我给你说个好事，我们食品公司来了一批女工，我给你介绍一个。

爸胡乱应付了一句说，好啊，就骑上永久车走了。过了两天在村口碰见刘老虎，刘老虎说我把你的情况跟人家女方说了，人家同意见面呢。这个姑娘家在塬上，下边有个弟弟有个妹妹，长得好看个子也高，干活麻利性格也好，就一个缺点，爱穿。

爸挠挠头，说那就见见呗。

星期天见了面，约在厂门口。陪爸去的是爸的同学春茂，论起辈分，爸还应该管他叫叔。

等了一会儿，姑娘推着车子来了，一左一右一高一矮，春茂眼尖，悄悄跟爸说左边这个好，眼睛大。老虎说，嗯，就是这个。

姑娘到了跟前，一介绍，个子高的叫莲，个子低的那个叫米拉。老虎说他有事，让大家自己聊，春茂建议去公园走走。

此地格局甚小，号称一个公园两只猴，马路上一个警察看两头。

那天天冷，猴也不活跃，没一会儿公园也逛完了。姑娘说天不早了，该回了。爸和春茂都没有经验，也没提送人家，也没定下一回的见面时间，各自骑上车子，回了各家。

路上春茂爷爷跟爸说，你觉得咋样。爸说好着呢。春茂说，我看人家女娃没看上你，都不咋说话。下回你把我的中山装穿上，抹点头油，看着也登样[1]点。爸说，欸，等有下回再说吧。

过了两天，介绍人传来消息，说在厂门口的时候，在玻璃窗里头看见了你的大奖状，女方觉得你工作积极，同意再见面。爸穿了春茂爷爷的中山装，身子宽，袖子短，头上抹了油，开始了跟妈的第二次约会。

第三次约会，米拉阿姨和春茂爷爷都不去了，爸和妈单独去工人俱乐部看了一场电影，据两人回忆说是《南征北战》。票还是妈准备的，说是食品公司发的。

1974 年的春天，是爸的春天。在度过绵长而艰辛的青少年时期后，生活终于给了他一张坦率的笑脸。年轻的妈笑起来像向日葵一样，脖子上的红纱巾红得像木棉花一样。食品公司管收购禽蛋，制作熟食，员工伙食有口皆碑。爸和妈交往以后，常常去

① 登样，意指方言。像样。本作“嶝样”。

聚餐，营养得到明显改善，深陷的颧骨饱满了起来，额头也明亮了很多。那时候收上来的鸡蛋也没什么数，做饭的时候，捡形状漂亮的往碗里磕，长得不好的直接就扔了。屠宰场有一口腊汁肉锅，老汤常年滚沸，青工们把整鸡挑个儿大的扔进去，咕嘟咕嘟，捞出来专揪翅膀，后来妈回忆说那时候也作孽，净糟蹋东西。

妈住在食品公司的女工宿舍，后面就是肉联厂，常常有杀猪的师傅喝了酒手抖，一刀杀不死，猪带着刀一路狂奔，血歪歪斜斜洒得到处都是。三四个小伙子一跃而上，扽猪腿的扽猪腿，按猪头的按猪头，在女工的惊呼声中，猪气喘吁吁，力竭而死。妈说看得多了根本都不想吃猪头肉。周末的时候，妈会和米拉阿姨一道，骑着车子回十五里外的家里。有一天，妈跟爸说，我爸和我妈想见你。

爸很踌躇，提到要见对方家里的长辈，爸不太自信。家里光景不好，爷爷常年卧病，奶奶眼睛接近半盲，姑妈那时已经出嫁，下面还有两个弟弟在家务农都没说媳妇。爸除了个子高点，是先进生产者，没啥拿得出手的条件。我后来问过妈，为什么看上爸了。妈说那个时候有个采购科的小伙在追求她，那小伙是城里人，家里条件好，但是妈不喜欢他，嫌他话多个子低。她觉得爸不爱说话，心里有主意，人可靠，胖了一点以后脸上褪了菜色，也挺英俊的。

1974 年底，爸拎着两包点心，穿着姑妈给他裁的中山装，口袋里还别着两支钢笔，去了离家三十里外的塬上，拜会外公外婆。

陪他一道去的，还是他的好友族叔春茂。据说春茂走在前头，外婆一见春茂就醋了心了，埋怨闺女眼光不行，这小伙子咋黑胖黑胖跟程咬金似的。等到弄明白，安心了一大半，看见爸就特别顺眼。虽然春茂爷爷被莫名嫌弃，可是他对外婆倒是一见倾心，当场就对妈说，莲，你长得不胜你妈一半好看，关键是姨你长得太漂亮了。不知道的话，肯定以为你是莲娃她姐呢。

外婆吃了夸奖，心花怒放，端出两碗荷包蛋。舅舅、小姨笑嘻嘻地在旁边看热闹，爸一紧张囫囵就吞下去了，差点没噎着。

见面圆满成功。爸妈开始商量回爸家见公公婆婆。爷爷倒是挺开心的，问了问工作情况，老人身体怎么样，妈不怯场，大大方方地作答。爷爷对妈很满意，说，这娃实在。奶奶看见妈不太高兴，说咋不白呢？咋还是个单眼皮呢？跟妈一道去的米拉阿姨是个戆直青年，顶撞说，姨，你一家都是单眼皮，我们莲娃虽然单眼皮可是眼睛大，虽然黑可是皮肤好。奶奶还要说啥，让姑妈给拦住了，说让娃歇一下，到院子里转转。

妈第一次来到爸家，是做了心理准备的。之前听爸说过屋里日子不好，也听介绍人刘老虎说过，家里头负担重，过得恓惶，来了一看，真不是谦虚。比家徒四壁略强点，三间厦屋，还是土坯房子，苫着草顶。饭端上来，只有一个荤菜，咸菜里油都很少。爸坐在小方桌一角，光线很暗，少白头异常扎眼。

爷爷那天心情好，挣扎着起身，坚持要送妈出门，跟妈说，莲娃再来噢，路上慢慢地骑，给你爸你妈带个好。二十二岁的妈立在阴暗的天井里，下了决心，她要和爸一块过日子，把这个家撑起来。

1975年的春天，在服装厂学徒的三叔忽然失踪了。爸接到服装厂的通知，说三叔也不来上工，也不在宿舍，同事说他已经两天没出现了。爸从车间赶回家，和二叔一起四处打问，终于在附近废弃的窑厂里发现了三叔。问他为啥躲到这儿，他说心里难受。问他为啥难受，他就不说话，只是哭。

爸非常疼爱幼弟，对他怀抱很高的期待，希望他能上学，有出息，往后当上老师当上科学家当上工程师，成为家族里头的骄傲和指望。后来，学业荒废了，爸心疼他身子骨弱，于是送他去服装厂做工，想着学一门手艺，总比在地里刨食强，可看他这么颓唐，又惊又怒。最后按下火气，细细一问，原来三叔恋爱了。他写了信给他喜爱的女子，那个女娃拒绝了他，说你家那烂包日子，往后谁跟了你都是吃苦。爸无言以对，日子烂包，不是哥儿个不努力，只是人的心气儿再高也强不过命。面对弟弟，爸低下了头，说你现在还小呢，不该想这个事儿，等大一点，要是学校复学了，哥供你把书念出来，那时候你再找对象，肯定能找到满意的。

爸把三叔送回服装厂，赔了一车好话，又赶回车间开工。他师傅李师傅跟他说，莲来找你呢，给你留了个饭盒。你弟弟咋样，没事吧？爸回没啥事，都过去了。

爸打开饭盒，里面是四个大丸子，一份熘肝尖。爸的眼泪“唰”地流了下来。奔波了这半日，埋怨了命运埋怨了爹妈，忘了他还有一件值得感激的事儿，有个姑娘真心地待他好，不嫌弃他穷，不嫌弃他身上担子重，一心一意地要跟他过日子，把他肩上的磨卸过一半去，要跟他一块儿，在幽暗不明中奋力地奔前程。

有一次我跟爸谈心，爸说，你妈跟着我这一辈子，彼此家里的事就没断过，不管遇上啥事，你妈没有一回皱眉躲开，都是迎着事上，站在我身边，没有外心，不离不弃。我打心眼里感激你妈。

我不知道这话他有没有当着妈的面说过，我想，妈也知道。所以他们争执过无数次，吵过架，也打过架，冷战过，也各自离家出走过，但是从来没有真正想要离开对方。他们彼此相爱，有时是以笨拙的方式，但是他们彼此深知对方的爱，因为他们都见过对方的来处，都知道撑起一个家的辛酸；也都知道，在这世上，找不到另一个人能代替自己心疼对方。

1975 年的春天，爸问师傅借了 50 块钱，加上自己的积蓄，花了 170 块钱给妈买了一块蝴蝶牌手表，作为定情信物。妈给爸织了一件毛衣，两个人在五一食堂请了一桌饭，李师傅、春茂爷爷、米拉阿姨和介绍人刘老虎都出席了。刘老虎跟后厨交代，多送了两个菜，席间，李师傅喝多了，抱着爸哭，说咱都是下苦人，能找到个好媳妇不容易，你可得好好过日子。

妈很爽朗地说，师傅你放心，往后我盯着他。

我来了

1975年10月1日，爸妈结婚。妈穿着一件芥菜色的涤卡衣服，是托采购科的赵新胜从上海带回来的时新样式。爸穿着灰蓝色的中山装，花了两毛五分钱在胜利理发馆请肿眼泡的江苏人胡师傅给理了发。伴郎是他初中同学姜顺利，妈的伴娘是同事周西芹。米拉阿姨和未婚夫小杜送了两个热水瓶，爸的同学凑钱买了一个台式闹钟，表面上是三潭印月的图画。柳絮姨妈和姨夫送了两个毛巾被还有一套《毛泽东选集》，李师傅给了一床毛毯，算是大手笔。

婚礼没有留下照片。只是听说春茂他

爹喝多了，一直哭，拉着爷爷说，你可算看到老大娶媳妇了，这下咱们也能闭上眼了。

奶奶那时节已经接近昏聩，脾气变得很古怪，常疑心别人要给她的饭食里下药，除了看到爸时喜眉笑眼，对屋里人都没有好脸色。姑妈来帮她拆洗被褥，她会冷冷地在旁边监看，忽地一下把被单从姑妈手里扯过去，说你甭打我的主意，我被窝里啥财宝都没有。姑妈尴尬地立在那儿，一时哭笑不得。妈也不跟她计较，脸上挂着笑拉着姑妈三下两下把被褥拆了，扔到大盆里刷洗。奶奶会在旁边评论说你俩忙了一晌，我就问你俩寻下银圆没有？

奶奶一生在家，不能理解世间有职业女性这回事。她感到特别不满意的是，怎么这个媳妇娶回来了不好好待在家里，成天天不亮就骑着车子出门，晚上才骑着车子回来。她跟爸说，你也不管管你媳妇，成天骑个车子胡逛呢。

1976 年 9 月 9 日，妈和同事在食品厂的冷库里卸货，大喇叭开始广播，说下面播送重要通知。语气低回，大家都停了手上的活儿，往厂办聚集。广播里边的声音很沉痛地通报说毛主席去世了。同一时刻，二爸正在地里干活，放下锄头往村部跑，碰到一脸惶然的族叔春贵，说刚从茅厕里起身，连手都来不及洗，又有啥最高指示了吗。二爸说毛主席没了，春贵爷爷捂着脸就开始哭。

爸在厂子里，李师傅正在刷漆，手里的零件“啪”掉地上了，给地上影了个大白印。车间主任咧开嘴就哭了说，天都黑了还管他地上有没有白印呢。

妈周围的同事们开始窸窸窣窣哭泣，妈也觉得一肚子的委屈和惶惑如洪水般决堤而出，大伙哭了个稀里哗啦。正哭着呢，采购科的赵新胜兴高采烈地穿着个红衬衫来了，说昨个喝多了，今天来晚了，你们都哭啥呢，栏里的猪发瘟了？

愤怒的群众一拥而上，把他摁倒打了一顿嘴巴。有思想积极的马上通知了派出所的同志，派出所的同志一听，这还得了，开着小吉普就来了，把他抓进了公安局，关了一天一宿，让他交代这个反动行径是受谁指使的。后来听妈说，他被劳教了几天，连正处的对象都吹了。后来调去了外地，落下个病根儿，再见不得红衣裳。

九月底，妈在医院伺候坐月子的姑妈，喂她喝完鸡汤，想起自己来的路上胸闷，从住院部出来，就顺便上医院大厅挂了个号。碰到认识的护士小唐，小唐说，你不是有了吧。妈上妇科一查，果然怀孕了。妈也不是特别高兴，二叔那时还没有定亲，三叔身体时好时坏，服装厂已经不去了，未来还没有着落。爷爷和奶奶每月都需要一笔药钱。妈算了一下预产期，五月份。那时候结婚时欠的债该还得差不多了，可是要生孩子还得再预留出一部分钱。要添置妈心心念念的大衣柜看来又得往后拖了，至于标准牌缝纫机，想都别想了。医生问妈，这孩子你要不要。妈拿出她一贯的勇敢气质，点点头，说要，怎么不要。医生说，你要的话，三个月以后，再来检查一下。

十一月里，妈早晨起来站在炕上梳头，眼前一黑，“咚”一下就从炕上栽下来了。爸在前院里洗脸，听见屋里的动静，慌忙跑进来，一看妈直挺挺地躺在洋灰地上，人事不省。赶紧抱起来掐人中摩挲后背，妈开始手足抽搐，吐了几口白沫，人又昏过去了，再一摸手脚，冰凉。爸的心也跟着坠到冰窖里去了，赶快找来架子车准备送妈去医院。又让二爸去后院喊话叫来了一墙之隔的春茂他妈，请她给家里做饭，照看一下爷爷奶奶。春茂妈听信赶快拐着小脚跑来了，一看妈的情形，再一看爸的脸色，心里头也惶急得不行，一口应承帮忙的事，慌乱中看见妈衣衫单薄，从炕上揭起一床被子盖在妈身上，说，老大你别急，车子拉好了，可别把莲娃颠着了。

高一脚低一脚地拉着架子车，把妈送到医院，医生诊断说，妈得的是对产妇来说最凶险的疾病——产前子痫。值班的刘大夫是个大嗓门的渭南人，很生气地指责爸说家属是怎么照顾孕妇的，明知道她有糖尿病，还给吃盐，弄成妊高征，你知不知道这个病发作起来要人命呢。爸一脸惶惑，在他看来，妈一直很健康，上班干家务，星期天还下地帮忙，任何时候都是精神抖擞的。

刘大夫更生气了，说，你不知道你爱人血压高呀。

妈从小身体好，干农活，干家务，摔摔打打长大，头疼脑热的小病从来不当回事，扛扛就过去了。她特别讨厌人矫情娇气，小时候看到我淌眼抹泪就会呵斥说有事说事，蝎蝎螫螫的，掉啥猫尿呢。她的口头禅就是，怕啥，头掉了还走三里路呢。

不过怀孕以后，她也不敢托大，感觉头晕，就去看相熟的老中医，想着中药再怎么说，毒性也比西药小。老中医把了脉，说你肾虚要补呢，开了一副补药，妈每天在煤油炉子上煎着喝，没想到喝了月余，喝得虚不受补，直接弄成了糖尿病。

春茂爷爷赶到医院的时候，看到爸坐在医院的长椅子上抱着头，赶忙给他宽心，说莲身体好，没事儿。他已经让爸的同学孙叔叔去塬上通知了外婆，他说爷爷在家着急得不行，问莲醒过来没。爸回家去看病床上的爷爷，顺便拿脸盆毛巾、换洗衣服。奶奶不明就里，一直追着他抱怨今天怎么没看见妈，这爱逛的媳妇又披着红纱巾跑去哪儿看风景了。

从此，爸开始在医院的长椅上扎寨陪护，妈开始了漫长难熬的孕期治疗。迎接我的过程中，爸几乎没有时间培养为父者的喜悦，他为妈的健康揪心，有点埋怨这个孕育中的孩子，他完全是来捣乱的，让他刚刚有点眉目的新生活再度濒临崩盘。

为了让医生对妈多加照顾，爸每天上班前就来医院，把走廊的地板拖得很干净，帮医生打水，替护士倒痰盂。妈的主治医生刘大夫后来成了我父母一辈子的朋友，我也是她作为妇产科医生诊疗生涯中的代表作。每一次她见到我，都会说，你这个闺女真是命大，你爸从我手里接病危通知书都接了四五回，我问他保大人还是保孩子，你爸说能不能都要，要是你爸松个口，世上也就没你了。我觉得你妈已经受了那么多罪，孩子一定得给她保住喽。

起初入院的时候，外婆和医生都觉得，胎儿还小，治疗方案要先紧着大人，所以用药时根本没考虑会不会给发育中的孩子造成影响，家人都觉得这孩子即使撑过去，说不准也七伤八痨的。火烧眉毛，且顾眼下吧。

药物的副作用很大，妈开始全身浮肿，脚背肿得跟骆驼蹄子一样，而且有了抑郁症的倾向。兴奋的时候一宿一宿不睡，到护士站找夜班护士聊天，教人家织毛活儿。低潮的时候一天一天不动窝，躺在病床上看见一杯水都能流眼泪。来了实习的医生，没见过这种状况，议论说，咱们不是妇产科吗，怎么还收治精神病？

1977年的春节，爸让外婆回家了。他包了饺子，和妈在病房里度过。刘医生惦记妈，大年三十还特地从家里带来了一瓶白酒给爸，说这几个月小刘你也辛苦了，过年你喝一杯，来年就是三个人了。

爸伺候妈睡着，在医院的走廊里，独自一人迎来了蛇年的第一个日出。

过完年医生会诊，说孩子已经发育得很大了，压迫妈的脏器，如果子痫再次发作结果不堪设想，要马上催产，孩子生出来，妈的妊高征才能彻底缓解。正月十五傍晚，开始打催产针。妈说这个针打下去，疼得天旋地转。黎明时，药起效了，妈被推进产房。爸后来跟我说，你妈在产房里头高一声低一声地叫了整晌，我多少次想冲进去说咱不生了咱不受这个罪了。他说你妈老是跟我说杀猪杀牛的时候畜生叫得瘆人，我在走廊外头听产妇们叫喊，觉得鬼门关前，人跟牲畜真是没有两样。

我在娘胎里只待了七个月，就这样以非自然的方式被遣散，呱呱坠地时体重不到四斤。没有头发，生下来也不会哭，护士雅兰阿姨倒提着我的双腿，在我后背上拍了两下，我才哭出来。

正月十六下午，爸说那天天气不好，他从灰扑扑的玻璃窗看出去，只觉残阳如血。耳边听到一声孱弱的婴啼，雅兰阿姨抱着初生的我，安慰他说母女平安，是个小姑娘。斟酌了一下，说模样不丑。

爸看着这红皮皱脸的小东西，没有明晰欢快的喜悦，只觉得空荡荡的，有类似悲哀的情绪在胸腔腹腔五脏六腑间游动，一种无力感深深攫住他，为什么他这一生，是如此蒺藜丛生，非走到筋疲力尽，才能拥有某样东西。为什么活在世上，这么折腾，这么煎熬，这么难耐？

当时，爸接到了喜讯，而在爸旁边焦急等待的另一位年轻父亲，接到的却是噩耗。他妻子和我妈同一天生产，足月的男孩脐带绕颈，在母腹里窒息了。爸听见家属的哭声，更觉得自己这一丁点的喜悦来得缥缈而不现实。爸开始忧心忡忡万一这孩子体质不佳，在今夜的寒风中夭折了；万一她发育期出了岔子，是个低能儿；万一妈的子痫没有根除产后又再复发？爸不确定，这次命运给他的，是一个正在生发的劫难，还是单纯的礼物。

因为早产，生命体征弱，我被稍做“展示”就放进了保温箱，在保温箱里度过了头三月。亲戚们盼望的满月庆典也没有举行，爸对兴冲冲地春茂爷爷和舅舅小姨说，万一这娃养不活呢，办啥满月酒啊。外婆说，满月酒办不办的倒也没啥，可是这娃来得不容易，为了生这个娃，莲娃吃了多大的苦，手背上青得连针头都扎不进去了。你俩一定要把这娃照顾好，这娃命硬，一准能成人。

出院那天，外婆依照乡间规矩，用一块红色的被巾包住我，坐在春茂爷爷的自行车后面，爸用架子车拉着妈，小姨和舅舅背着铺盖和杂物，浩浩荡荡回了外婆家，妈开始坐月子。小婴儿落地太早，身子骨不强壮，手腕伸不直，一直是鸡爪样垂吊着。妈说这咋办啊，娃手有问题呢。外婆呵斥说，胡说啥呢，娃就是骨头软吗。她用小纱布把我的手腕缠起来，微做固定。如此坚持了三个月后，我的手腕长好了。头发长得慢，几根软趴趴的黄毛贴在脑门上，倍显凄凉。外婆用小刮刀把我的胎毛剃掉，涂上生姜汁，如此反复，后来我也有了一头浓密的黑发。我幼时肠胃不好，便色青黄，舅舅和小姨承包了很多尿布，冬天刷洗实在是苦差，后来在超市里看到纸尿裤的时候，小姨还跟我说，要是当初有这个就好了。

十个月以后，小女婴清晰地叫了一声“爸”。爸悲喜交加，手里的钥匙险些落在地上。他抱起他的女儿，和她的小豆豆眼对视，开始有了做父亲的真实感。我父母后半世的辛劳由此启幕。

爸常说，妈生产的那一天，他没有很强烈的信心，也没有很幽深的恐惧，只是觉得这么久以来的辛苦和担忧要结束了。后来想起时，异常害怕，如果妈和我不幸故去了，那么他的人生应该就终结了。那么就会是他，而不是三叔，成为家族里第一个选择自尽的人。

后来我跟爸说，也许对别人而言，我不具有任何意义，但是我对你来说，是一个救赎，是一个新世界的起点，是一个太阳一样的存在。

爸说，也不能否认，虽然你一点也没吸收到我和你妈的优点，但是你还是个理想的女儿。

像影子一样的三叔

在我们家里，三叔是一个像影子一样的人。长久以来，我以为父亲除了长姐，就只有二叔一个弟弟。直到十五岁，我才知道原来我还有过一位三叔。多年来，亲戚们三缄其口，联手抹掉了他在世上存在过的痕迹，干干净净地把他封堵在集体回忆里。

我初三那年，六月份的下午，正在上公民课，政治老师操着浓重的山西口音警告我们端正思想不要想入非非，班主任来敲门了，叫我出去。在走廊里，他很同情地看着我说，你家长来电话，让你回家去呢，你奶奶过世了。

我骑着自行车往家赶，碰见来接我的堂哥，他说，你坐我爸的农用三轮车回去吧，大人们都在二叔家呢。听他说奶奶是午睡时忽然没的。

我赶回去，看见灵堂已经搭起来了，爸和妈，姑姑和二叔二婶，几个堂伯，爸爸的好朋友，都各自穿了孝衣孝服，头上裹着白布。二婶招呼我进去，找了一间小的白袍给我穿上，往我头上缠了条白布，让我跟着堂姐去看奶奶最后一眼。

我有微微的恐惧，奶奶在世时也不是和蔼可亲的老太太，我不知道她现在往生了，是什么样子。我调动了一切对死亡的想象，仍然怀着一团模糊未明的感受，走进了殓房。奶奶生前住过的堂屋被隔出了一块，棺椁停厝在那里。奶奶躺在里面，看起来比平时更瘦小，脸上有一种幽蓝，大概是死亡的阴影。我在她面前停了片刻，想记住她的样子，但只记得那一片幽蓝，那可能是我有生以来最接近死亡的一次经验。

我没有非常明确的丧失感。我从小和外公外婆亲近，童年大多是在外婆的身边盘桓，回家探望奶奶，也是在她昏暗的堂屋稍做问候就去庭院里找堂弟嬉戏了，或者是到后院叩开春茂爷爷家的后门，去春茂他娘的酱菜缸里捞豇豆角，缠着她给我炸馓子吃。

细想起来，我几乎没有跟奶奶有超过半日的相处。我看到她时行礼如仪但热情稀少，她看到我也双眉紧蹙不苟言笑。我想在我盘算着春茂他娘要是我奶奶该有多好的同时，我奶奶也正在遗憾为什么我不是一个顶门立户的孙子呢。

时值盛夏，奶奶去世后，发丧到下葬只有短短几日。子女们请了戏班、鼓乐队，来登台唱戏，在族人面前展现对亡者的孝心和哀思。我不喜欢这种场面，也不理解这种长辈们生前就孜孜以求的哀荣有什么实际意义。

爸一直很平静，没有大放悲声。奶奶衰病已久，他一定早就做好了会失去她的准备吧。

奶奶病了多年，精神时好时坏，后来糊涂得连姑妈和二婶都认不得了，但是唯一记得牢靠的就是她心爱的长子，每次看到爸她都会摸着爸的脸颊说，老大，你咋又瘦了呢，叫你媳妇别乱跑，好好给你炖点肉吃。全家都知道奶奶对爸的宠爱，也许大家都期待长子像传说中的孝子那样以头触柱，泪哭干了继之以血。可是我知道，爸跟我一样，是很难在外人面前自如地展现悲伤和惊惧的。我们越是紧张，表面上越是安详；我们越是哀恸，看起来越是木然。

下葬的时候，赶上个雨天，大家踩着泥泞步行去墓地，孝衣被雨打湿，爸举着幡走在队伍最前面，哀歌一路唱着，我被气氛点染也开始跟着流泪，爸扔了瓦盆，把第一锹土抛上奶奶的棺盖，姑妈忽然开始大哭，说，我的亲娘啊，一辈子没有享个福，净受了恓惶啦。二叔和二婶也开始痛哭，爸还是没有流泪。

丧礼之后是宴席，妈从单位买来了上好的带鱼、牛肉，整扇的猪肉，二婶的烹饪功夫全村闻名，宴席菜色丰盛，大家都很满意。席上，奶奶的哥哥，多年没走动的亲人，来跟爸拉话，爸神色冷冷的，妈只好赔笑应付老长辈们。宴席之后，开始守灵。爸妈单位派来工会的同志，送来慰问金和花圈，亲戚们也奉上各种布匹被面，丧礼开始偏离它悲伤的意味，向俗世温暖的方向过渡。

到了后半晌，爸一个从小要好的族兄从铜川铁路局的岗位上赶回来了，两个人拉手抱在一处，这位族兄说，我妈去年也没了，你妈也不在了，现在咱俩都是无父无母的人了。爸开始流泪，哭得不能自抑。

爸的同学姜顺利叔叔跟我说，太好了，太好了，可算哭出来了，我担心你爸把自己憋出病来。

妈说，其实他昨天晚上在奶奶的堂屋里坐了半晌，已经哭过了。好好歹歹，那也是他妈妈。

奶奶去世以后，女眷们开始整理她的遗物。打开奶奶的柜子，里面有很多块布料，都是她先前眼睛还好，能出门逛集时搜罗的布料。这就是她几十年来积攒的体己。她不信任任何银行，更不信任纸钞，在她心里，钱要换成布料才是最可靠的硬通货。乡间生活，布料是行门户的首选，可以在婚丧嫁娶时当作像样礼物互致心意，确保社交生活畅通。

妈和二婶看着那些花色古怪、质料过时的布匹，简直失笑。遗物里头还有她早年穿过的小袄，爸小时候戴过的小锁，翻到最后，还有一个大大的相框。里面有奶奶年轻时的相片，爸和姑妈入学时的照片，还有爸和姜叔叔在大雁塔的合影。二婶说这个相框还挺好的，可以挂在厅堂，放孩子们的新照片进去。于是我自告奋勇帮她拆相框，把钉子拔出来，后盖揭下来，有一张纸从照片后头掉下来了。我瞧了一下，是张单据。

确切说，是精神疗养院的收费单。时间是 1977 年 6 月。上面有一个名字，中间的字和爸这辈的排行字一样。我想这个纸上的人是谁？曾经在 1977 年 6 月住在精神疗养院 36 床的人，他跟我有什么渊源。

我把这张纸揣在兜里。晚上跟二叔二婶在一起的时候，我就向二婶打听家里的旧事。二婶陪在奶奶身边最久，奶奶骤然去世，她心里感触良多，就滔滔不绝地跟我讲上一辈人的逸事。我给她看那张单据，问这个人是谁。二婶脸色变了，问我打哪儿找到这个。我说相框后头找到的，贴在爸和姜叔叔的合影后头。二婶说，其实，你还有一个三叔。你刚出生不久，他投井了。她还说，你别去问你爸，省得他伤心。

我开始缠着他们问，三叔到底是怎么样的一个人，因为啥事要自寻短见，到底遇到了什么过不去的沟沟坎坎，精神怎么就崩溃了呢?

在二叔和二婶的描绘中，三叔是我爷爷奶奶最漂亮的孩子，身量不高，面孔白皙，眉眼也娟秀，从小就像影子似的安静。和木讷倔强的二叔不同，三叔很受姑妈和爸的疼爱。他书念得很好，也从来不叫嚷饿，总是默默地上学，默默地做家事，默默地挑水，默默地喂鸡。爸工作以后的一个大指望就是希望能供出个大学生，让三叔夹着公文包，别着钢笔，当个体面的公家人。但是学校停课了，形势乱糟糟，中学的校长被剃了阴阳头，每天被群众押着往地里担粪。三叔说他不想去学校了，心里害怕。爸找了人，送他去服装厂学徒，他在那里爱上个女工，被人家给拒绝了，服装厂也不去了。

爸又安排他去乡党主事的解板厂，没想到他又经历了一次失恋。姑娘说我知道你家的情况，爹妈都有病，只有你大哥有工作，负担不是一般得重。你屋里这情况，就是个烂泥塘，谁踏进去都得跟着陷下去，根本没有个奔头。

三叔恋爱失败以后，常常发呆。爸担心他解板的时候走神伤到手脚，又和妈商量，帮他联系了一个送菜的活计。三叔做什么都心不在焉，眼神飘飘的，魂魄不知道游移到了哪里。有一回在往食堂科送菜的路上晕倒了，问他，他说三轮车上的菜花都是人头，要撕咬他。他耳朵里有人在打鼓有人在唱戏，他每晚都睡不着，心里头一时憋得慌，一时拔凉。妈说这娃不是脑子有了啥毛病了吧，送他去医院检查，医生说贫血。妈开始三天两头给他煮猪肝吃，他的情况越来越严重，常常一个人对着筷子笸箩自言自语，有时哭有时笑，摇摇他，他又好像什么都不记得了。家人送他去大医院检查，说有精神分裂的倾向，要送去疗养。

爸不能理解，只是谈了一两场无望的恋爱，怎么一个人的精神世界就碎成了齑粉。他不知道如何帮助幼弟，让他康复如常。医院说三叔在病房里很安静，不哭不闹，让吃药就爽快吞掉，说要打针也不挣扎。爸去看他，说他胖了点儿，精神还不错，认得大哥，也叫得出二哥的名字，有恢复的趋势。亲友们也跟着松了一口气。

大家都不理解神经是个多矜贵的东西，只是觉得一个好好的小伙子，咋能说疯就疯了吗，一定是脑子想歪了，扭一下就好了。村里那个武疯子老五，见人就打，见狗就咬，见到姑娘媳妇就走不动道，他是因为当地主的爹被整死了，他娘上了吊，受了大刺激神经才绷断了。老三没受这么大的打击呀，咋就好不了呢。

我出生不久，爸的伴郎姜叔叔也要当新郎了，爸陪他去西安城里看他未婚妻的爷爷奶奶，又去民生百货买结婚用的皮鞋。第二天两人结伴去疗养院看三叔，三叔精神挺好。爸向医院申请，想带着三叔出门散散心。医生说，别急呢，等他恢复得更好点，你就能把你兄弟领回家了。姜叔叔挺高兴，拉着爸在大雁塔浪了一圈，两人拍了一张相片，姜叔叔跟爸说，哎呀，看来你的霉运气要过去了。老三这一好，你身上胆子松快不少。

过了两月，医院来信儿，说三叔情况不好，不吃不喝，闹着要回家。医生说在熟悉的环境里也许对他的抚慰力量更大。爸和二叔接他回了家，安置在爷爷奶奶旁边的小房里。爸妈要上班，我被扔到外婆家，妈下班以后，骑一个小时自行车去外婆家哺乳，再骑车回家。有时候爸要加班，没法赶回来做饭，爷爷能挣扎起身的时候，也会擀点面，蒸个馍，就着妈早晨烧好的菜，跟奶奶、二叔和三叔过活。春茂他妈常常隔墙送来一碗白菜，两碟包子。三叔精神好的时候，还赶着叫她曾奶奶。

爸也想过把三叔再送到医院去。三叔说他不去，医院有人要谋杀他。最后二叔只好荒废了田里的活，妈跟爸轮流着休假，看着他，提防他乱跑，也怕他想不开。

有一天，爸在车间里上班，二叔惊慌失措地跑回来，说奶奶骂了三叔，三叔跑出去，寻不见影子了。爷爷坐在地上哭，奶奶怒气不息，说，看看你祖坟上的黑气，你先人也不知道造了啥孽。

村里人到处搜寻。最后在附近一口旱井里，找到了三叔。

此后没有人再触及这个话题，我知道了三叔的存在，但是他的生命历程仍然苍白而布满疑团。他的爱情，他的希望，他病中的所思所想，他最后自沉时刻的心思，没有人知晓。

爸爸作为长子，撑起风雨飘摇的家庭，上半生为了温饱疲于奔命。却没有护全三叔纤弱的灵魂。他垂爱最深的弟弟，以乡人眼中不名誉的方式死去，对爸来说应该是一生最大的隐痛。有一天我问他，我有一个三叔对不对。他说对，他还有一个兄弟。我不再追问，他也没有问我从何而知又了解多少。

这个话题大概就展开了这一次。爸不再避讳三叔，偶尔谈起往事也不再刻意略过他，但我不细究，也不忍细究。

我问过妈，三叔是一个怎样的青年。妈说腼腆安静，知道心疼人，尤其爱他大哥。看上去聪明灵巧的一个娃，不知道为啥会走上那条路，就是谈恋爱谈得不如意吧。

可是也没有人责怪那两个拒绝了三叔的女子，她们只是坦率地表达了对贫困生活的排拒，她们没有过错。如果有人说为爱心碎是优美的，那一定不是发生在你亲人身上。我想放任自己被爱情和失望摧毁的人，是不负责任的。因为你甩开的那些悲伤会以击鼓传花的方式丢给别人，发酵成数倍大，像磐石一样压在那些爱你的人心中。

那个世道里，人没有心碎的资格，只有挣命的份儿，不把自己修炼成三头六臂的强心脏，很难撑过密密麻麻的试炼。

以这一节来纪念三叔未成功的爱恋，已定型的悲伤，未走完的人生路途和愈来愈模糊的背影。

为了我父亲的爱和遗憾，我也会怀念他所深爱的三叔，为他可悯的柔肠，也为他可叹的早殇。

姑妈那不合身的秋裤

姑妈年十九，嫁给谭家村孙氏为妇，姑父年长她五岁。议定这门亲事是因为媒婆极力举荐，说姑妈大年初一子时生人，将来必能旺夫招财。孙家忽略了娘家的窘境，几斗麦子几匹布做聘礼，把姑妈迎进了门。

进门以后，婆婆深感失望，媳妇个子不高，容貌也不美，不懂趋奉，手慢而口拙，不仅和照片上不甚相像，和婆家人眼中的旺夫媳妇的利索形象也差距颇远。婆婆问姑父，你去相看的时候看准了没有。姑父说，看了，相看的时候她一直坐着，看不出来身量高低，看脚板挺大的，我想人低不了，我就跟介绍人说行。

姑父个子高，人长得倜傥不群。一双毛眼，顾盼有神，跟现在电视剧里的男一号差不多。因为会吹笛子，进了部队，当过几年兵，复转在家务农。虽然丧父，但家境不算差，他妈手里还有点钱粮，一手拉扯大了一个儿子两个姑娘，是个硬气的女人。我幼年时还见过她，老太太神智清醒，讲话有条有理，眼神鹰一样锐利，不拄龙头拐也已经是一个小型的佘太君。姑父从小被母亲疼爱，上面又有两个姐姐照顾，没受过太大磨难，农活是挑轻省的干，家务更是不粘手。没吃过大苦头，所以姑父的性格很好，乐天好动，对世间一切皆有盼望，一辈子过得兴兴头头，捡到个瓶盖都能对着日头照半晌。

虽然娶了个媳妇不是很中意，但是姑父并不气闷，反正他的世界大着呢，他也不怎么着家。他当过兵，吹过笛子，嗓门又大，见人也不怵，爱演说，被公社宣传队选中，当了宣传员，四里八乡的排小戏鼓舞革命群众学《毛泽东选集》，忙起来月月不着家。姑妈在家伺候婆婆、种庄稼、磨豆腐、纳鞋底、纺线、拾棉花，日子和在娘家时也没甚两样。农忙时两个兄弟也会过来帮忙。爸问姐夫呢。姑妈就笑出一脸的光荣，说忙着呢。二叔说忙着逛庙会呢吧。姑妈说嗯，正事儿，是先进分子讲用大会，拿回来好几个本本，还有奖状呢。

二叔说这能换蒸馍不，有个啥用。

姑妈说那上边有公社的红印章呢，比蒸馍值钱。

未几，姑父从宣传队回来了，说庄户人还是种庄稼要紧。后来有人说他和拉手风琴的姑娘在高粱垛子上聊天让人给举报了。他不承认，说他们在讨论程咬金厉害还是李逵厉害，没说啥反动的事情。队长说，哼，谁厉害？再厉害能有多厉害！瞎操个心。

姑父不服气，说李逵和程咬金使板斧，不一样。队长大怒，直接把他开除了。

姑父回了家，也是乐呵呵的。他不上地里去，家里两个女人也不催他，姑妈一个人在地里头忙活，爸和二叔心疼姐姐，拽着姑父上工，姑父说太阳太毒，汗流下来蜇得眼睛疼。爸给他一顶草帽，他捂着草帽就到阴凉地里睡觉去了。

儿子在眼前，怎么看怎么欢喜。婆婆越看儿子越得意，越看媳妇越不顺眼。矛盾渐生，姑妈笨嘴拙舌，吃了挖苦也只是笑得更虚弱，被挤兑得厉害了，就流着眼泪收拾包袱回娘家。爸和二叔看见姐姐受委屈，气不打一处来，爷爷总是说小夫妻打架没有隔夜仇，等两天你姐夫来接她，就让你姐跟着回去就行了。

等了几天，姑父都没来接，姑妈就自己回家了。爷爷说嫁了人就是人家门上的人，不能由着自己的性子来，上人打你骂你都不能怨愤，不能跟长辈置气。爸和二叔忍着气送姑妈回去，走到半路遇到姑父，问他干啥呢，是不是来接姑妈？他笑眯眯地说，不是，我借了你们村老虎家一本《三侠五义》，现在去换下半册呢，看白玉堂咋死的。

二叔说，你知道你咋死的不？姑父生气了，说，你妈死了我还没死呢。爸和二叔抡着拳头上去把他摁住一顿打，他识时务，马上回话说是他说错了。姑妈在旁边又是哭又是拉，埋怨两个兄弟下手太重。爸和二叔负气回去了，说你自己看着办，跟他回去还是回咱自己家，我们不管了。姑妈给姑父掸掸土，跟着回家了。

两个人这算和好了，能过上一阵子消停日子。到了麦收前，两口子又打一架，姑妈又回了娘家。奶奶在堂屋里跳着脚骂，说爷爷窝囊，养出来这么一堆窝囊废，她要去和她亲家母好好厮打一顿。爸安抚了一家子，在路上堵住姑父，问他日子还想不想过了。姑父说，我没啥，就是我妈老闹腾。姑父说我这就接她回去。爸说，媳妇你也不用接了，儿子你也别打算要了。姑父说，啊，原来有了啊。我不知道，还在她肚子上擂了一下。二爸从爸身后头冲上来照着他鼻子就是一下。姑父鼻孔里塞着草纸，笑嘻嘻地驮着姑妈回了家。

日子就这么过着。姑妈有了两个儿子，一个闺女。婆婆渐渐老了，脾气还是锐利，但是对和媳妇斗法这件事倦意日深。虽然说话时语气还是嫌弃，但是媳妇也是生儿育女的人了，眼神里总归加了三分暖意。姑妈渐渐迎来了人生中的暖春。

大家都松了一口气的时候，姑父又开始不着家了。听说是在外乡认识了一个心仪的女子，放出狠话，说他不想过了。二婶在集市上见过那个女子，说年纪也不年轻了，穿得潇洒，戴着珠链，一边抽烟，一边卖豆角，在菜市场十分扎眼，是个乡村版乔治·桑。爸和二叔那时也近中年，不能再像年轻的时候行事，把他摁倒暴打一顿，并不能把矛盾镇压，只好力劝，希望他迷途知返。姑妈说，你不跟我过了也成，你去跟你妈说。

姑父去跟他妈一提，老太太就怒了，抡起鞋底子一通猛抽，说，你媳妇嫁过来这么些年，生儿育女，操持家务，没有大错处，你要离婚，把她抛闪在半路里，你想都别想。要离婚跟外路妖精过活，除非我死了。

姑父有两分荒唐，毕竟是个孝子，当下打消了主意，跟那个女子断了往来，从此息心收性，开始和姑妈过日子。这一篇算是揭过去了。

从那次之后，爸对姑妈的婆婆改颜相向，说她脾气差点，但是心底真不坏。

姑父这一生，不事桑梓，脚不沾泥。种菜买菜这种抛头露面的事，他从来不做。偶尔站在菜市场顾摊的时候也像个视察中迷路的人，背抄着手，披着军大衣，气度不凡。整个农贸市场，他最翩翩。在他的概念里，他都是站在舞台上背毛主席诗词吹长笛的人，咋能跟芹菜、韭菜、生姜、大葱混在同一画面里。

他只负责把姑妈和菜筐送到市场门口，然后就远远地观阵，在一边抽烟，看别人下棋，在花鸟市场上闲逛，或者租本小人书在农用三轮车上一边抽烟一边翻看。等到集市散了，姑妈菜也卖得差不多了，在市场门口会合，把她接上车，一道回家。卖不完的菜，路过我们家，就全留给妈。妈愁眉苦脸地收下来，再挑模样好看的给朋友送去。

孰料晚年转了性儿，姑父开始对种地感兴趣，一辈子都不爱下田的人，立志要在责任田里种出丰产粮，新奇蔬菜。他专门买了车票，跑到杨凌农高会去参观学习，认真听讲座，买种子，回来做实验。严格按照温度配方播种，浇水都精确到 10 厘米，结果种出来的东西没有一回成功的，山药比人家种的胡萝卜还短一截，南瓜颜色惨白跟泡了双氧水似的。妈常打趣说，你播种之前是不是都拿白醋泡过了，咋长出啥来都是抽抽的，他也不气馁，来年再买种，继续耕作。

我的印象中，姑妈常年留齐肩短发，用一个黑色发箍固定，很像照片上的邓颖超。和修长秀美的姨妈不同，和灵醒利索的二婶也不同，姑妈在我们家的女眷中，是非常虚弱的一个存在。行事慢吞吞，说话温吞吞，笑起来一脸花自飘零水自流的无奈，一种事已如此何必深究的疏离。

她有着接近迟滞的温柔，温柔是值得被善待的，可迟滞到一定程度就让人冒火了，似乎你不欺负她一下都对不住她那个谦恭的姿态。急脾气的我妈跟她在一处时，常常会被激起一肚子火性，埋怨完她之后又会陷入深深地自责，这么泥土性的一个人，咋忍心跟她发火呢。

少年时我不喜欢这样随圆就方的性格。都说侄女随姑，可是我小时候最不乐意别人说我长得像姑妈。从表到里，我们哪点像啊。

奶奶性格倔强，姑妈在她手下长大，自信心应该受了不少钳制。对上人的坏脾气，她不争究也不反抗。家境窘困，还有三个弟弟，姑妈自发自觉地把她的欲望和意见压缩到最小，渐渐连自己也习惯了这种低处的安静生活。

姑妈不会织毛活，连补个袜子都补得不甚像样。表哥表姐小时候的毛衣毛裤都是妈和二婶帮着织的。能力弱的人就该有个好脾气，所以她总是微微欠着身，对世界很抱歉的姿态。

过了几年，姑妈家的大儿子经历一年复读之后考上了大学，姑妈和姑父异常欣喜，请了亲戚来座席。姑妈喝了酒，脸红得像一朵芙蓉花。姑父拿着录取通知书，磕磕巴巴地念了一遍又一遍。妈给堂哥买了皮箱和西装，二叔和二婶准备了皮鞋和文具。堂哥流着眼泪去了郑州，在学校里给爸和二叔写来信，说以前觉得舅舅们对自己的母亲不够关心，也不够尊重，心里还埋怨过，现在长大了，知道了很多往事，也了解了大人之间的感情不是看起来那样简单，还说很感激舅舅舅妈，会争气念书，好好孝顺父母。

爸接到信，很感慨。遇到妈之前，家里的担子是姑妈和他一起分担的，愁苦和委屈是两个人分食的。按着爸的逻辑，对于姑妈，他是有负担的。他要照顾姐姐护她周全让她幸福，姑妈对他也是一样的期待。少年时过得艰难，填饱肚子已经是件大费周章的事，压根难有抒情的习惯和余裕。

上一代人的情感是那么稚拙，表达又是那么简陋。越是亲近，相对时越是松懈，越是相依为命，道歉的话越是说得潦草。他们彼此并没有表达过对对方的依赖和感激，见面时爸总是绷紧面庞，姑妈总是紧张而扭捏。

姑妈的大儿子毕业之后，去了油田的电力公司。工作几年以后，找了当地的姑娘结婚，生了孩子，在异乡安顿。姑妈去照顾孙子，去山东前来我家小住，妈带她去买衣服，发现她的秋裤特别长，问她为啥买这么不合适的秋裤，她说一样价钱，买长的。妈不解，难道那多出来的部分剪下来，还能当个袖套吗。带着她去买棉袄，她又挑大号的，妈哭笑不得，说，你把棉花抠出来还能给您老三缝个坎肩是咋。从儿子那回来，她胖了很多，心满意足地展示孙子的各种可爱照片，说城里还是不太习惯，当地口音完全听不懂，买菜的时候很是踌躇。媳妇也吃不惯她做的陕西吃食，老是嚷嚷着太酸。她一个人在儿子那儿，也惦记着姑父和她婆婆。

她婆婆那时已经非常衰弱了，撑了两个月见到回来探亲的孙子和重孙，第二周就咽气了。葬礼上，姑妈哭得特别伤心，婆婆跟她缠斗了一生，挑剔了她一生，伤害了她也回护了她，最终还是认定了她，这四十几年的缘分，比她和奶奶母女的缘分还深。

送走了婆婆，姑妈又嫁了女儿。女儿和女婿在外县开了包子铺，生意红火，未几有了孩子，她又去伺候月子。

等小儿子也上了中专，姑父一个人在家守着几只鸡一条狗，觉得日子乏味，常常上我们家来跟爸下象棋、聊天。爸不是一个理想的聊天对象，常常一言不发，表情也单调。很多人觉得跟爸聊天是件挺费劲的事儿，讲了半天，他只回一个“哦”，然后就不说话了，剩下一大片虚空，让你自己回味。姑父生性活泼，不易受挫，一个话题没回应，他就另开一个，自己讲满一小时，吃完饭，喝完茶，兴冲冲地来，兴冲冲地走。

他一起身，爸就长出一口气，觉得可算说完了。他说，你姑父这人呀，不开口可以打满分，一说话，纰漏百出，我其实是咬着牙在听呢。我说那你反驳他呗，他说那他还得再说两小时，我不给自己找罪受。

过年时，姑妈和姑父一起来串门。姑父开着电动三轮车，姑妈坐在后头，两口子一起上楼，出门时姑父看着姑妈说楼梯窄，楼道黑，你小心跟上啊。到了楼下，姑父扶着姑妈上车，说你扶稳了啊，把围脖戴好，脖子别灌风。姑妈羞涩地坐在板凳上，任由姑父帮她掖围巾。爸在后面看着，表情像哭又像笑。我想他一定想起了几十年前，和二叔棒揍姑父时的场景。

好姻缘有各式各样的，有一拍即合的，有先苦后甜的。无论哪样，都是天注定的。

姑妈的小儿子中专毕业以后，找了个媳妇，也生了孩子，开了一个室内装潢的小店。都以为他在临镇好好地过着日子，他忽然回来说又要结婚呢，大伙才知道原来他已经离婚了，孩子归前妻。前妻找上门来说，他要再找也找个好的吗，大家都在一个建材城上班，他现在找的那个肿眼泡庳斗脸，让人家咋看我。

事已如此，姑父发火也无济于事，小儿子闹了三个月的家庭革命，新人还是娶进了门。姑父也病倒了，拉着姑妈说现在的孩子不像我们当年，主意都正得很，半点不听大人的。

姑父身体一向好，一躺下却是病况严重，查出来淋巴癌，很快就去世了。妈在电话里告诉我，姑父已经火化了。她语气很阑珊，虽然也不是极之亲厚，但是占据着一角的这个人突然退场了，舞台上总像塌了一角。姑妈收拾情绪，又准备迎接下一个孙子。老三的新媳妇，怀孕了。

姑妈一生，忙忙碌碌，穿着不合身的秋裤，带着谦卑的理想，和别人一样，我常常忽略她，很少想到她也有自己的个性，自己的愿望，自己的口味，我想她这一生是热爱她的丈夫和孩子的，晚年也是快乐和满足的。

温柔迟滞的人，终究会被世界温柔以待吧。

一墙之隔的悲欢

外婆家隔壁住着旺福爷爷一家。他有三个儿子，奇怪的是日子却过得烂包。听外公讲，旺福的先人吃喝嫖赌，留给他的就是个烂摊子。他爹一晚上耍牌输的，他在地里忙活一季也缝补不起来。跟旺福他爹比，我家大外公就算是品行端方、克勤克俭的好榜样。

旺福爷爷在族里行第九，外公行七，他叫外公叫七哥，我妈也就叫他九叔，称他媳妇九婶。

旺福爷爷没有闺女，很稀罕妈。妈小时候常去隔壁玩，帮着九婶剪花样纳鞋底，长大上班了，买点心也常常给九婶带一份。等我生下来，小姨总抱着我去串门，旺福奶奶看见我喜欢得不得了，从柜里翻出洋糖江米条给我吃，摸着我的小辫不撒手。

外婆说她喜欢孩子，可是不能生，这三个儿子都是前头老婆留下的。

外公村里原来有一个财东，姓蔡，儿子早年间在天津上过洋学堂。老地主娶了两房太太，旺福奶奶就是后面收的小老婆，听说也是穷苦人家出身，家在山东，父母早逝，娘家只剩下一个姨妈，有一年流落在此地，机缘巧合，给地主收了房。外公说地主家也是挺勤勉的，早起两个太太也跟一般庄户人家的媳妇一样拿着扫帚扫地，和村里其他女眷比，也就是站出来时头上多插了几个钗环，讲话不那么粗鲁，脸面上稍稍白净些。村里人都说地主家的吃食也没啥，就是咸菜里边放的香油比较多。

嫁给老地主没几年，地主上吊了，剩下两房太太没了依靠。开会时，大队里的领导让二老婆揭发大老婆的罪行，问她有没有掐你打你，用烙铁烫你，不给你吃食，不给你鞋穿。小老婆说没有，大姐对我好得很，教我绣花，还教我识字呢，她年纪跟我姨差不多，对我亲着呢。群众看这揭发搞得没意思，就让她俩背着牌子一块去扫街道。两个地主婆拿着长扫帚扫地，有不懂事的小孩在后面吐唾沫扔沙子，骂她们剥削阶级害人精。老太太笑眯眯的，叹口气，把衣服掸一掸，继续扫。后来又让她交代老地主留下的银洋埋到哪儿了，是不是寄到北京的小地主那里去了。地主婆年纪大了，吃惊之下又着了凉，生了场病就去世了。

小老婆是外地来的，在庄里没有根基，也无处可去，在大槐树下哭得恓惶。大家做主说你再找个人家算了。村里旺福爷爷恰巧丧妻，一个人拉扯三个儿子。群众一撮合，两个人过到了一块儿。刚过门时，旺福爷爷的爹还在世，对媳妇很不满意，说地主眼头也不行，找的这个老婆太弱。后来发现新媳妇不仅不美而且没有体己，躺在炕上就开始哭，说亏了人了，咋寻了这么一房媳妇，污了祖上的清白。旺福奶奶也不恼，端上一碗面，给公公放在炕头上。老头哭饿了，爬起来一吃，说擀面还擀得好着呢，筋道得很。

旺福奶奶嫁过来一直没开怀，村里人说她不能生养，但是视三个儿子如己出地养活大，一个一个站出来如狼似虎的，一米宽八尺长，也算欣慰。三个儿子长大后很孝顺，没有因为不是亲生的就对娘轻慢不敬。自己盼着有孩子没能如愿，旺福奶奶就期待着儿子们能早点娶妻，自己早日抱上孙子。

但是儿子们的婚事却非常不顺利。老大到了三十几还是鲜有媒人上门。他家日子不好，没有吃商品粮的，几口人在地里刨食，汗一点没少流，苦一点没少下，但是抓阄抓到的责任田都是成色不好的旱地，再下力气收成也上不去。加上瘫在炕上的爹欠下的一屁股赌债和药费，一家人喘不过气。

好容易他爹油尽灯枯，旺福爷爷的苦日子算是告一段落。他是有信义的人，说人死了债不灭，他爹欠的他来还。还完了祖上的债，儿子们也长成了大小伙。个顶个的能吃，家里除了嚼谷，完了粮,纳了乡提留,再预出明年的种子,仓里柜里就不剩多少了。

偶尔有媒人提亲，旺福奶奶都特别期待，来外婆家借舅舅的中山装和自行车，给老大见面时候充场面。姑娘本来对老大的人品相貌还挺满意的，一了解家里这情况，全都打了退堂鼓。一来二去，周围的青年都抱上孩子了，旺福家的老大还是孤身一人。旺福奶奶出来进去，看见邻居家的孩子，又是羡慕又是酸楚，孩子一叫她九奶奶，她那个表情就又像哭，又像笑。

后来有人引来了一个外乡女子，说不挑剔旺福爷爷家里的境况，只要给一点彩礼钱，她就愿意留下来跟老大过日子呢。旺福老两口大喜过望，东拼西凑了两百块钱，媳妇娶进了门，家里终于有了柔和的气息。媳妇手巧，会剪窗花，缝荷包，下了厨房也能七碟子八碗的，烹制出本乡风味不同的吃食。旺福奶奶心里畅快，和村里的老太太们在大槐树底下纳鞋底，笑声也比往日响亮。自打当上婆婆，她天天就盼着媳妇肚皮争气，给家里头添丁进口。

到了来年，媳妇说想要回娘家看看，旺福奶奶说你家不是没啥人了吗？媳妇说娘家还有个兄弟，怪惦记的。回去了半个月，媳妇回来了，瘦了一圈，神气也不好。问她家里有啥事，她也不言语。又过了个把月，门上来了个外乡人，说是媳妇的男人，来寻他老婆，家里还有个三岁的娃盼着她妈回去。

大家这才知道，媳妇是结过婚有家庭的人。因为日子苦才一个人出门来找活路，上回回去是实在想娃了。旺福奶奶是个善心的人，听不得这苦情事，咬牙让媳妇跟着她男人走了，走的时候还给拿了些粮食。媳妇和她男人磕了两个头，含着一泡子眼泪走了，临走时还给老大赶制了一双新鞋。

媳妇回去以后，还给这边寄过东西，托人送来一袋子山核桃。老大过了这一年多的温馨日子，蓦地受了这个打击，人有点恍惚，去窑厂打工的时候被石头砸伤了腰，躺在床上熬了几天，年轻轻的就死了。旺福两口子老来丧子，锥心伤肝。旺福奶奶哭坏了眼睛，成了迎风流泪的烂眼边儿，常年别着个手帕，说着说着话，就得擦擦眼。

悲伤归悲伤，日子还得继续。媳妇留下的窗花在雨里头由红变灰，鸳鸯也只剩下了半边儿。眼巴前老二也早长成了人，该娶媳妇了。老二长得精神，大眼睛炯炯有神。在村里也是有名的帅小伙。这一回事情倒是顺当，媳妇是临县的，长得身躯庞大，银盆似的脸，都说人模样配不上老二，可是媳妇也有优点，两膀子有力气，身子结实，一看就好生养。

儿媳妇进了门，脾气却没有前房大媳妇和婉，跟老二磕磕绊绊的，公公婆婆跟前，常常摔盘子绊碗。我们在外公家吃饭时，隔三岔五的就能听见隔壁院子里的吵骂声。吵嚷得厉害了，外公就跟外婆说你去看看，他九婶性子弱，制不住媳妇，你去帮她说两句。外婆顶着手帕去隔壁，把媳妇劝退，拉着旺福奶奶过来，喝茶吃水，排解排解。

虽然二儿媳妇不是温良恭俭让的标兵，但是也有资本。人家来年就怀了孕，且一连生了两个大胖小子，在村里还是很让人羡慕的。旺福奶奶抱着孙子，在家门口石凳子上坐着，看见来来往往的人，也有了笑脸。

生了孩子以后，媳妇闹着要分家，说靠他们俩年轻人，日子肯定能过到前头去，肯定不比村头开小卖部的爱芳两口子差。闹了一阵子，旺福爷爷心里颇烦，就找来中间人，两下分了家。老二两口子搬到了村西头单过了，老两口跟着儿子老三在旧宅子里一块过日子。

老二脾气软糯，怕媳妇，不太敢回来，老婆管得严，也很少有私房钱能孝敬爹妈。媳妇不让孩子亲近奶奶，旺福奶奶想孙子，只好自己买了零食去村西头看娃娃。娃说，妈妈说了奶奶的吃食不干净，不能要。旺福奶奶红着眼圈回来，坐在门上发呆。看到我妈，说，莲啊，人这一辈子到底是为了啥吗？舅舅看到老二，就笑话他不气派，让自己爹妈受气，娶个媳妇当佛似的供着。老二说，你好，你媳妇让你妈气走了，你放个屁没。两个人蹲在墙角，卷起烟卷，默默地在太阳下，咀嚼自己的苦涩。

老二后来买了台机动三轮车贩菜，起早贪黑的想挣两个辛苦钱，盖一院气派的大瓦房，供两个娃上学，给两个娃娶媳妇，到老了靠在门槛上抽旱烟，膝盖下边偎着两胖孙子，完成一个庄户人的体面梦想。冬天路滑，他天不亮去批发蔬菜，开得急，来不及避让，迎面撞上了拉货车的，人当场就死了，死状非常惨烈，遗下了胖媳妇和两个儿子。

掩埋了老二，旺福爷爷彻底垮了。他发烧感染了肺部，烧得迷迷糊糊，开始胡言乱语，说顶棚上有小人在厮斗，是司马懿召他去斗诸葛呢，他要不行了。

过了不久，旺福爷爷就过世了。旺福奶奶从早哭到晚，木呆呆地坐在炕上，想起老三还要吃饭呢，又下厨去揉面擀面条。揉着揉着，眼泪就掉进面缸里。外婆让舅舅端两碗面到隔壁，给老三和九婶。旺福奶奶看见舅舅，又想起和他同龄的二儿子，掀起围裙捂着脸哭得呜呜咽咽。大家都劝老三和二媳妇过到一块算了，一方面抚慰老娘，一方面也可以照顾二哥留下的孩子。谁承想老三坚决反对，他说他还是个小伙子呢，为啥看扁他，凭啥他就不能找个身道苗条的黄花大闺女。二媳妇也不愿意，说再也不能在他们家这穷窝里打转了，她哪怕带着孩子到外乡去乞讨，也要离了这家的门。

到了来年，二媳妇脱了孝衫，带着两个儿子改嫁到了后庄，旺福奶奶提起不得见面的两个孙子又是眼泪长流。

老三一向懒馋，不喜干活，从前全凭两个哥哥照顾。现在和老母相依为命，每天抱怨吃不饱，活太重。他和小姨同年，已经 52 岁，还没有成家。听说福旺奶奶四年前也过世了。老三孑然一身，在这世上，不知过得怎么样了。

C'est la vie

家像一个圆点，
以此为半径，人生画了一个小小的圆，
但心永远在圆点正中间。

Ⅱ

峥嵘 岁月稠

让我们荡起双桨

因为出生时不足月，和同龄幼儿比，我瘦弱得多，细细的脖颈很难支撑大头，抱在怀里晃晃悠悠的。虽然先天不足吧，但总算坐卧自如，四肢健全；讲话也早，头脑发育也正常。爸妈开始放下心来，说，太好了太好了，这孩子不傻，能养活大。

十个月的时候，我开始叫“爸爸”“妈妈”“饭饭”“蛋蛋”，大人啧啧称赞，长辈们也都很欢喜。对子女一向严厉的外公非常喜欢小孩子，尤其喜欢我。任由我撒泼打滚，他都和颜悦色，从不呵斥责打。我常常坐在他肩膀上，在田野间来去，一直记得他刮得光溜溜的头发，蹭在脸上酥麻的感觉。

我稍大些异常顽皮，晚上不肯睡觉，早晨天一亮就醒了，全家人只有外婆跟得上我的作息，我们一老一小精力充沛，从前屋到后院，唧唧呱呱，有问有答，元气满满，其乐融融。

三叔去世以后，爷爷日渐衰弱。爸开始张罗给二叔定亲，希望能让爷爷振奋些。亲事定下来，对方又要求在原先的彩礼上加码一辆飞鸽牌自行车，爸和妈咬牙应承下来。为了迎接新人，开始翻修房子。总算在爷爷还硬朗的时候下了定，过了礼，择好了日子。遗憾的是，爷爷还是没等到新媳妇过门的那天，就故去了。婚事就往后顺延了一年。

二婶性格机警处事灵活，对木讷戆直的二叔正好相补，全家都很满意。到了结婚那天，爸请同学柳叔叔帮着去迎亲，用自行车把二婶驮了回来，到门口，二婶死活不下车，说头天下了雨，地上湿滑，她穿着布鞋脚不能沾地。来不及去买皮鞋，折了50块钱的红包，这才算完。

后来妯娌间相处还算和睦，但是妈每每提到结婚那天的情景，总是有一点怒意难平。

二儿媳娶进门，过了一段时间，爸和二叔请来了舅父和村里人，兄弟俩商量分家。二叔和二婶在家里照顾奶奶，爸和妈搬离了村子，住到了厂区家属院，上班方便了很多。爸申请到的青工公寓空间狭小，三口人住在里面不大方便，妈就向他们单位申请，借了肉食部营业厅旁边的空房子。

那是一个大院，四面围墙。推开两扇大铁门，左边是空地，右边是一溜三间房子，中间一间是肉联厂废弃的五门市，里边有水槽，有肉案，有水泥砌的台子，还有挂肉扇的大铁钩，如同一个小小的衙门。我常常在肉案上跳来跳去，想象铁钩上面挂着三尖两刃刀，五岳开山斧。最外一间是门房，住着妈单位的一位李伯伯，他性情婉约，特别喜欢织毛活，用的线是劳保手套拆下来的纱线，织出来的毛衣是奶白色，一下水就硬得像铠甲。

我们家住在最里间，房子非常大，爸用牛皮纸把竹子捆扎在一块再刷上清漆，置成一个隔断，规划出里外间。外屋功能像客厅，里面是卧室。再把卧室的窗户换成不透光的毛玻璃，把自已做的大衣柜和桌椅搬进来。妈用缝纫机做了窗帘、床帏，还买了塑料花装在花瓶里，墙上挂着大美人张瑜和龚雪的挂历纸。整个房间，一眼望去非常摩登。

爸在院子里靠墙角的地方自己砌了一个厕所，磨砖对缝，还分了男女。院子里的杂草被剔除，爸种了木槿、月季、一丈红，在西边栽了一架葡萄，每年都结出酸苦的青葡萄。草地上长了凤仙花，屋里边还摆着海棠和吊兰。

之后，爸又修了小厨房，盘上锅灶，在厨房边上还搭出了一个煤棚，放越冬的蜂窝煤。爸在友人之间被称颂的慧思和巧手在这一时期的家庭建设中大放异彩，就这么一点一点地，他和他年轻的妻子，把理想中的家园慢慢地植入了现实。

妈在任何时候都保持着利落精干的本色，穿着最时新的面料，最流行的衣裤，头发与时俱进，从小辫变成了卷发，理发馆的胡师父最得意的作品就是我妈的波浪卷。妈骑着车子，前头坐着扎羊角辫的我，连自行车铃声都响得那么欢畅昂扬。

那是我父母最年轻最美好的时代，他们怀揣着“勤勉克己，终将过上好日子”的信仰，认真生活，努力工作，对未来有了满满的期待。如果要给这个时期的他们一首主题曲，那么旋律应该是“让我们荡起双桨……”生活的小船乘着歌声在前行，他们天真地以为，幸福必然就在前方。

送走了三叔，紧接着给爷爷办丧事，之后二婶过门，姑妈又小产，家事基本没断过。爸妈除了上班，还要拾掇新住处，压根儿顾不上我。妈的单位逢年过节卖带鱼、海参、虾皮这类俏货，柜台根本离不开人，她很长时间都顾不上去外婆家看我。

我想她的时候就趴在外婆怀里哭一哭，大部分时候跟舅舅去前院喂喂羊，在后院追追鸡，乐不可支。饿了去蒸笼里拿个馍，让外婆给我夹一层厚厚的绵白糖，坐在门槛上一吃，吃饱了抹抹嘴巴，拉着外公的衣角去池塘捉蝌蚪。

等妈把家里拾掇利索了，来外婆家接我，那是我们分开两个月后的相见。妈拿着花裙子到后院来找我，我正和小姨趴在地上捉瓢虫，听见有人叫我，爬起来愣愣地看看来人，然后很愉快地叫了一声“阿姨”。妈拿着花裙子僵立在那儿，红了眼眶。外婆赶快安慰她说，娃小，眼拙，你烫了头，娃一下蒙住了。转身对我说，这是你妈呀，你不认识了。我咬着手指头看了一会儿，扑上去叫“妈妈”。

妈把我抱起来，洗干净手脸，又给换上花裙子。我跑去了小姨身边，催着她给我叠元宝。妈在一旁受了刺激，觉得娃跟她不亲了，下了决心，这回一定要把我带在身边，自己照顾。

回到新家里，我感觉挺新鲜的。爸问我新家好不好，我说咋没有猪圈呢?

那时候平房屋顶都会漏水，一下雨就得预备四五个脸盆接漏，一晚上滴滴答答。雨大时，爸就得披着雨披，驾着梯子到屋顶去盖油毛毡。有一年雨特别大，院子里的下水道堵了，邻居李伯伯吃剩下的西瓜皮在水里浮游，他一边叫嚷着一边到没膝的水里捞拖鞋，我家里的水也都涌到床脚了。妈感慨说，要是能搬进楼房多好呀。

1980 年秋天，厂区家属院各个片区都配备了公用电视。电视放在一个柜子里，平时上锁，到了晚上七点，居委会大妈拿着钥匙来开锁，只有一个频道，节目从新闻联播开始，看完电视剧就关闭。居民要自己拿凳子占座位。六点多各家的小孩就拎着马扎出动了，一边讨论昨晚的剧情一边伸着脑袋盼望居委会大妈胖乎乎的身影。就是在占座的过程中，我和我的朋友，住在对面楼房里的张月玲，建立了深厚的友谊。

1981 年，一个值得被铭记的年份。秋天的一个周日，爸去外婆家接我，快到家的时候跟我说，贞啊，咱家买了个新东西，你猜是啥。我从小座位拧过身子，热切地说，是电视机吗？爸说，嗯，12 寸的金星牌电视机。那天晚上，很多邻居来家里看电视，啧啧称叹，李伯伯也放下毛衣针，来观看赵忠祥和李娟播新闻。我跟张月玲说，你随时来，不用带小凳子。

我一直在家，没有上过幼儿园。四岁以后，妈上班的地方换到新华街的门市，门市在一楼，楼上是他们单位一个干部老张阿姨的家。妈带着我一块儿去单位，她上班的时候我就去楼上老张阿姨家玩儿，和那时候还没招工进照相馆的文竹姐姐一起画画、拼积木、看连环画，玩累了就穿过门市部去对面的供销社，趴在柜台上数糖豆和玻璃球，数一阵，妈的同事老强爷爷就会来寻我，顺便掏出一毛钱买几颗松塔糖放在我的小口袋里，我坐在他肩膀上晃晃悠悠地穿过街市，去吃一碗豆腐脑，然后回去找我妈。

后来我常说我的教育背景是有缺陷的，我没上过幼儿园，但是我很喜欢这样的童年经验。和妈妈在一起，和亲爱的长辈在一起，在田间和街市上度过春天和夏天。那时候生活里还有草地，有麦田，有爬不完的树，有掏不完的知了，有蝈蝈和麻雀，还有笑意盈盈的陌生人。

到了六岁，该上学了，爸妈开始打听到厂办小学上学的事儿。按辖区，我应该在第四小学上学，开学前爸带着我去报名。老师问我上过幼儿园吗？我说没有。老师皱皱眉头，说，那你会数数吗？能从 1 数到 100 吗？我说可以。我开始数，1、2、3……数到 20，直接跳到了 31、32……爸在后面很紧张，“咳”了一声提醒我。我说，啊，数错了，21、22。

老师说，那会写自己的名字吗？我拿起笔写了我的名字。老师说 9 月 1 日开学，8 月 30 日来领书，你在我们班，一年级一班。

她看看我，说你怎么长得这么小啊。我说人不可貌相，海水不可斗量。她笑起来说人小，懂得真不少。

30日那天，爸带着我领了新书，用牛皮纸认真地帮我把书皮包好，写上我的名字。妈去百货大楼给我买了一个大红的书包，开学前一天下午，拿出剪刀，把我留了很久的长头发给剪了，她说留长头发抢营养，还容易分心，我开始了长达十二年的短发生涯，进入人生中最丑也是最昂扬的阶段。

去上学的头天晚上，兴奋得睡不着，我问爸上学是不是特别有意思。他说挺有意思的，但他上学那会儿老是肚子饿，所以意思不是很大。妈说吃得太饱了也犯困，她上课时老打哈欠。我躺在他们俩中间，看看床头的新书包，再看看床下的新鞋子，辗转反侧，好久才闭上眼。天一亮就赶快刷牙洗脸，背着书包出门。

爸说，我不送你，你和月玲跟着楼上高年级的哥哥姐姐一块儿去上学，以后你们俩就结伴一起走。我拉着我的好朋友张月玲，一起走上了去学校的路。走了一会儿，就被几个阿姨给拦住了，拉住我看我毛衣的花形。我着急不想迟到，又怕跟丢了前面的姐姐，拉着张月玲就跑，一路上还听到赞美——你妈妈手真巧！毛衣织得真好看！

到了学校，迎接我的就是那天面试我的郑玉霞老师。很快，我和小张同学就陷入了对郑老师的疯狂崇拜中，每天回去在饭桌上讲的话都是，我们郑老师可厉害了。妈，你知道吗？郑老师家在烟台，他们那有特别大的黄鱼，比你们单位卖的黄鱼都大好多呢。张月玲还会在旁边补充说，阿姨，我们郑老师还会用红蓝粉笔写“我爱祖国”几个字呢，写得老漂亮了。

开学第一天，我认识了我的另一位好朋友，陈素华。我们俩在课间一起玩跷跷板，因为个头差不多，体重也一致，在游戏中势均力敌，彼此都留有深刻印象，下课相约来日再战，从此展开了长达数十年的友情。

头一天上课，因为没有幼儿园生活的经验，我不知道上厕所要举手，最后一节课写作业，写到一半我就昂然出去了。班主任郑老师跟着我出来，问我，你怎么跑出来了，是不是要上厕所啊？

我说，嗯。她拍拍我的头说，去吧，下次上厕所要跟老师说一声，不能乱跑。

放学的时候我就跟月玲说，我觉得郑老师真好，月玲说她的头发也好看，我觉得她的发型比我妈的好看多了。

后来我们上二年级了，郑老师回烟台了，我再也没有见过她，她是我第一任偶像。做老师，也成了我第一个人生理想。

小学的周三下午是课余活动日，高年级有舞蹈班、合唱班、鼓乐队、仪仗队的训练课程，我们小孩子被圈在大教室里，被老师监督，观赏评书《岳飞传》。老师是个东北人，听评书听得如痴如醉。一年级的小孩子哪能理解忠烈节义的事，有不听话的男生就开始揪女生的小辫，互相扔纸飞机，教室里一时间硝烟四起，哭声不断。老师生气了，说，刘兰芳你们都不爱听，一帮熊孩子，再闹叫金兀术（完颜宗弼）来把你们都抓去。

我喜欢听评书。我们家有一个台式的收音机，也是值钱的家当之一。我爸很喜欢坐在收音机前听广播剧、电影录音剪辑、评书联播。我小时候喜欢刘兰芳，不喜欢单田芳，因为家里电视机是黑白的，色度不准。单老一出来脸色特别黑，我妈以为他天生跟包公一样黑，还给他起了外号叫“黑脸”。小孩子势利，遂不喜欢貌寝脸黑的。直到有了彩电，才知道人家一点也不黑，白白误会了十来年。

当然最最喜欢的还是袁阔成先生，听到大耳贼把郡主拐跑了的章节我就乐得不行。我爸跟我形容说，刘备双手过膝，双耳垂纶，帝王之相，是咱们刘家祖上的大名人。我说我不喜欢他老哭哭啼啼的，我喜欢曹丞相和赵子龙。妈说你喜欢他干啥。我问妈喜欢谁呀。妈急着吆喝我们起身，她好换被单枕套，说，我谁都不喜欢，他是能帮我换煤球啊，还是能帮我剁肉馅啊，我喜欢他干吗。

和爸不同，和我也不同，妈是务实的人。她不喜爱一切虚构无实感的东西。看到花草，她也会浮泛地表态说挺好看，但不做更深度地共鸣。她也不姑息灵魂深处小小的哀鸣和惆怅，她的精神生活整肃昂扬，即便有音乐也是军歌进行曲，绝不是小夜曲咏叹调。

小学二年级的某个下午，我眼睛红肿地回到家，躺在被窝里流眼泪，妈问我，你怎么了？我说郑老师走了，不教我们了。妈说，你哭啥？我还以为你老师出啥意外了呢？人又没有死！你哭啥！

爸过来摸摸我的头，说，你不舍得老师走是吧，你可以给老师写信呀。用红蓝铅笔写，郑老师，我想你。我抱着爸，用他的衬衫擦掉我的眼泪，妈在远处一半无奈一半鄙夷地瞧着我们俩。

从小，我选择和爸在精神上紧密团结在一起，交换种种虚弱落后懒散忧伤的暗号，分享灵魂里纤巧忧郁的碎屑。这个园地，妈被隔离在外，很遗憾的是，她也不想进来。

屋漏偏逢连阴雨

作为顶门立户继后香灯的男丁，我舅舅是我妈妈家里学历最高的人，在那个年代，一直念书念到了高中。恢复高考以后，舅舅也复学了，拾起书本备考。舅舅长得很瘦弱，五官像外婆。大眼睛高鼻梁，长睫毛比女孩儿还绵密。

舅舅成绩中等，学习兴趣也不大，高考失败后他自己没什么遗憾的，准备握着锄头跟着外公下田耕作。妈劝他再复读一年，他说在家种地也挺好呀，省得看见理化书上那些曲里拐弯的符号犯头疼。以前很少干活，劳动两天就晒伤了肩膀，到山下挑水又差点扭伤腰。家里人疼惜他身子骨弱，嘱咐妈帮他找工作，觉得干上个临时工也比务农轻省。找了屠宰场的工作，舅舅进去以后做小工，学习扽猪腿，给师傅打下手。

带他的师傅是徐为强伯伯，是个矮胖子，做工作服的时候常常吓坏裁缝，裤长三尺一，腰围三尺二。徐伯伯是屠宰场数一数二的杀猪能手，号称徐一刀，快狠准，一刀毙命。血不会乱喷，猪基本不受罪。舅舅跟着徐伯伯，其他临时工都很羡慕，觉得他靠对了码头，成为大工指日可待。可惜舅舅神经纤弱，他怕见血，闻见生猪的味道就恶心，师傅刚把刀插进猪的咽喉，猪还没怎样，舅舅就脸色发白，血刚放出来，舅舅就跑到一边干呕去了。徐伯伯见了妈，为难地说，这娃心太软，太爱干净，我怕他再待下去连苦胆都会吐出来。

这个活做不了，妈又想办法让他去造纸厂上班。造纸厂离家很近，中午可以骑自行车回外婆家吃午饭。舅舅说，造纸厂味儿大，他每天中午都吃不下饭。外婆心疼儿子，又跟妈说，咱不去了，你跟他姐夫找找别的门路，让你弟干个别的去。

爸想起来他有个初中同学是中医院的后勤，就跟妈商量。买了点心去拜望人家，说，小舅子在家没事干，看看医院能不能有啥活计给他做。同学说医院的食堂需要个采办，帮忙买买青菜豆腐啥的。妈说这个事简单，还可以从妈的单位给他挑点好的肉蛋，保准他能完成采买任务。爸借了一辆三轮车，教舅舅骑三轮，教会了，想这下没问题了。

舅舅干了一个月，到了月底账对不上了，还差四十几块钱。舅舅急得哭，来找妈，爸只得帮他补了窟窿。爸的同学埋怨说，你小舅子长得挺机灵的，真的上过高中吗？加减乘除都不会啊。爸只好诺诺，以后见了这个同学也觉脸上无光。

没有合适的工作，舅舅最终还是回乡务农。外婆深以为憾，说要是食品厂晚几年招工就好了，舅舅就可以顶妈的位子，抱上铁饭碗了。不知道妈的心里是不是也有这种认识，觉得自己僭越了兄弟的好运气，拿走了家族里唯一的那只彩蛋，所以每逢外公外婆开口，她必竭尽全力予取予求，只要是舅舅的事情，她马上张开羽翼，鞠躬尽瘁，冲在最前面。

舅舅断断续续的临时工时期，有人给介绍过对象，都是镇上的姑娘，我和妈还陪着去见过一个，是接生我的护士雅兰介绍的。印象里，姑娘长得很漂亮，手里拿的伞也好看。女方的家人见到舅舅也挺满意的，一听说工作不是正式的，就没了下文。雅兰阿姨跟妈说，唉，可惜了你兄弟的模样和性情，要是生在城里，有个好工作，啥样的媳妇找不着啊。

舅舅回家以后开始种庄稼，小姨过了两年也开始准备高考。妈和舅舅送她去考试，小姨说她坐在自行车后座上腿一直打抖，在考场上死命掐大腿，结果连手也抖起来了。出了考场抱着妈就大哭，说考砸了，根本不知道卷子上写的是啥。外公说女孩子，念书也没啥用，好好在家学做饭女红，过两年找个人出嫁，也好着呢。

小姨和舅舅不一样，她压根不喜欢种地。她自己跑来找妈，说想在厂里找个活干。妈叹口气，又开始把熟人划拉一遍，拎着点心匣子去求人问门路，把她送进了服装厂。小姨学了车衣服，匝口袋，拿厂里的碎布头做了好几个小褂给我。

干得好好的，外公叫她回家，说有人来提亲了。小姨不怎么乐意，托爸妈跟外公求情，外公说女娃年纪大了，就不好寻婆家了。爸说，你那老思想要换换呢，现在都提倡晚婚晚育呢。外公大怒，指着爸说，我家的事，你少管。那天是个欢宴场合，韭黄姨妈的丈夫和大姨夫都在，女婿们各自噤声，爸又羞又怒，几番压抑，差点没愤然离场。妈在后院听说了，埋怨他不该逆龙鳞，爸指责她愚孝，两人不欢而散。小姨辞了工作，从我们家的平房里打包回了乡下。媒人来相看了几回，小姨终于定了亲。

接下来就是给舅舅找媳妇。爸这回汲取了教训，一言不发。外婆拿了好几张相片给妈看。挑来捡去，外婆择定了一个姓唐的女子。皮肤白皙，笑起来两个酒窝。外婆说，舅舅脾性软，遇到个厉害媳妇会受钳制。这个姓唐的闺女看起来面善、性格好、不倔强。

长姐如母，妈一通张罗，家具、铺盖……样样精挑细选。媳妇进了门，果然长得好看，跟舅舅十分般配。隔年就生了儿子，皆大欢喜。

谁想到，外婆自己选下的媳妇却戳了自己的心窝。孙子降生以后，外婆在前院喂养，媳妇出了月子，开始下地干活。打了粮，卖了菜，收入都在外婆的柜子里锁着，媳妇觉得不自在，跟舅舅说想单过。舅舅说家里就他一个儿子，前后院地住着，爹妈还给做饭看孩子，有啥不好的。单过两口子哪能这么逍遥。媳妇有了气，脸上也显露出来了。外婆觉得舅妈讲话太冲，舅妈嫌外婆脾气不好，前院后院为了酱油簸箕也能吵嚷一阵。舅舅性格懦弱，不敢替媳妇出头，也无法为母亲排愤，夹在中间非常苦恼，总是来央告妈回去主事。妈也不是善辞令、脾气圆柔之人，调停不成，常常自己反窝一肚子火回来。爸劝她少掺和，不要蹚这趟浑水。妈勃然大怒，说自己家的事怎么能是浑水，未必人都要像你那样凉薄自私、无情无义才好。

爸被她这样一通搡怼，脸色灰败，几天未和缓。我去逗他开心，找他说话，他就会叹口气，摇摇头，做出个一言难尽的表情。后来为了一点琐事，媳妇跟外婆动了手，舅舅拉架打了媳妇。媳妇抱着儿子跑出了家门。媳妇的兄弟也是火上浇油的湍急性子，媳妇回了娘家，再不肯回转。舅舅的家庭矛盾，闹上了法院，最终以离婚收场。第一个儿子也被前妻带走。

外婆伤心了一阵，马上昂扬，她不相信儿子这么好的人才，找不到合适的老婆。

儿子被前妻带走，舅舅心里舍不得。去前丈人家看孩子，人家不让进门，舅舅就在村口转悠，拿着孩子爱吃的零食，想趁孩子出入的时候看一眼，抱一下。结果被前妻的兄弟们误会了，以为他是来抢孩子的，几个人围着他打了一顿。村里几个相好的后生闻讯，把舅舅救了回来，两下里一场阵仗，听说舅舅的小舅子脑袋上被打了个大口子，送到医院缝了五针。

舅舅鼻青脸肿地回来，病了一场。病好了以后，吃饭也没有力气，看人也是直勾勾的。外公外婆慌了，跟妈商量还是得赶快再给他找个媳妇，才能让他过了这个坎儿。问舅舅的意思，他说，妈跟爸觉得好就行，我没啥意见。新媳妇娶进门，有人议论说没有原先的好看，但是新舅妈干活利索，脾性也随和，跟外婆相处了几十年，也算风平浪静。

舅舅的婚事有波折，对外公外婆是个打击。外婆的悍性和外公的倔劲似乎没有被唯一的儿子继承，舅舅总是眼神疲弱，态度绵软，一副随时候命任人宰割的架势。上学时，他不是出色的学生；务农以后，也不是能干的庄户人。爸总说，舅舅打小被保护得太厉害了，外公外婆和妈的爱，像个网子，舅舅扑扇不开翅膀，是个飞不高的雀鸟。

舅舅的生活刚平静，出嫁两年的小姨带着一身伤回娘家了，说日子过不下去了，她要离婚。

小姨长得美，身材苗条，头发油黑，从小爱打扮，不爱干活，下地就偷懒，拾棉花怕晒，纺线怕腰疼，是个小门小户里娇惯的姑娘。结了婚本来跟姨夫感情不坏，但是过门两年，肚子没有动静，婆家人不满意了，大姑子二姑子都开始露出轻蔑的眼神，婆婆的脸色也渐渐难看起来，丈夫被家人敲打，也着急了。在菜地里上肥的时候，小姨施肥施得不均，丈夫扔了锄头，骂她是占着窝不下蛋，没有一样让人满意的。两个人在菜地吵起来，继而动手。小姨受了委屈，回娘家哭诉，说在婆婆那儿受了气，还挨了丈夫的打。

一向倔强的外婆这回却心虚气短，觉得对不起亲家的殷切盼望。自己家的姑娘空有美貌不能完成传宗接代的使命，自己作为母亲也跟着抬不起头，安慰小姨说，两边都年轻，怀孩子这事不能着急，等女婿来接不要拿搪[1]，好好回去过日子，对婆婆要说点软话，兴许过完年就怀上了。

小姨跟着丈夫回了家，过完年，还是没有喜讯。婆家把小姨送回来了，妈带着小姨去医院号脉，开了一堆药，小姨开始熬中药，贴膏药，各种煎熬。谁承想丈夫捎来话，说盐碱地打不出粮食，你也不用这么难肠，世上女子多的是，我也不用这么凄惶，从此各过各的算了。

外婆生了气，说不过就不过，咱跟他离，不能这么埋汰人。

---

① 拿搪，方言，指摆谱，拿架子。

外公不同意，说离了婚咋整，离了婚的女子还找谁过去。一门里都是离了婚的，咱的脸都丢到石川河里了，外婆也不言语了。

离婚是大事，庄户人重脸面，十里八乡议论纷纷，唾沫星子能淹死人。于是按下傲气，找了中间人跟男方回话，说还是商量商量好好过日子，先收养一个孩子，不要走到离婚那一步。拖了一阵，法院来传票了，说人家起诉了，坚决要离。

两下里跑了几回法院，离了婚。小姨瘦得脱形了，搬回了娘家。关在小屋里，不肯出门，也不见人。

妈心疼妹妹，把她接到我们家，和我一起住。小时候我就老缠着小姨，让她给我捉蝴蝶、绑蚂蚱、扎头绳、蒸发糕。她出嫁的时候，我心里还挺难过的。她受了这么多折磨，就因为没生出孩子来，我替她委屈。我后来常常想，小姨要是出生在城里，生在我这个年代，日子一定舒展很多。可那个时候，能留给她走的路真的不多。

小姨在我们家住了半年，有媒人来说合，给她介绍了后山的一户人家，家里长辈以前是银匠，现在主要靠在山上放羊、卖羊奶为生，家里只有一个儿子，性格挺温和，就是个子不高。外公说，唉，现在咱还有啥脸面挑拣人家，只要人家不嫌弃咱就行了。

小姨嫁过去，生了三个女儿。公公婆婆在山上放羊，两口子在山下种地，小姨的美貌很快在严酷的劳作中消逝，嗓门大，手掌粗糙，从前的娇俏只留在了相片和我的记忆里。好在她的大女儿非常能干，在新疆开了理发馆，她也抱上了外孙。

最小的女儿生下来有心漏症，12 岁的时候在省医院做了手术，小姨说早知道这么简单，花不了多少钱，早该给孩子做了，能少受多少罪。

孩子出院后，我带她打车去大雁塔，她很迷惘，说，你妈刚上班的时候跟着单位的车去冷库拉货，带我来过西安，就在大雁塔附近，以前全是农田，现在咋繁华成这样了。她指着窗外，说，这是寒窑不，王宝钏是在这挖菜不？

小姨的人生，岂止被封锁了十八年，这个急速变化的世界，对她来说，是寒窑外的鲜衣怒马，喑呜叱咤。

她在她的世界里，黯淡了容颜，消磨了青春，换来的是平淡的慰藉，最终也没成为爱的箴言。

大部分女性的牺牲，还等不到一个骑着红鬃烈马的负心汉，还受不起凤冠霞帔的冠冕，她们只是默默地生育、劳作，迎来衰老。

上楼去

我 4 岁的时候第一次坐火车，是春茂爷爷带我去铜川。春茂爷爷年纪跟爸差不多大，他是家里的独子，父母特别疼惜他，紧着他吃，紧着他穿，打小他就比爸过得宽裕。加上辈分高，跟爸在一块儿他就有点程咬金的气概，慷慨仁侠。

他比爸要晚一年进厂，会吹口琴会唱歌，棋也下得好，虽然生得黑胖，毛发浓密，望之似绿林人士，但其实有一颗文艺青年的婉转心肠。爸妈恋爱以后，他很羡慕，常跟着爸去外婆家蹭吃蹭喝，最中意我外婆做的凉皮和夹沙肉。他能说会道，比爸

外向　外婆说这小伙人热忱，将来肯定能讨丈母娘欢喜。

爸妈结婚以后，他家里也开始给他张罗亲事。常常见一面就没了下文，打听原因，无一例外，都是嫌他黑。他妈很委屈，说，包公就黑，世人都爱得不行。我儿黑咋啦，我儿心肠好。

他也乐天，屡败屡战。

后来有人介绍了一个姑娘，家在铜川。姑娘在保健室工作，穿上白褂子非常飘逸。摘了口罩，端庄美丽，眉眼很像《红牡丹》里的姜黎黎。两个人走在一块儿，常常有青工在后边吹口哨，说一朵鲜花插牛粪了，红牡丹怎么跟李逵了？春茂爷爷心里不得劲儿，跟爸说，咱自己长啥样自己知道，人家这么漂亮，跟我在一块儿是图啥。

爸说，那你问问人家，是图你啥，图你一个月三十块钱工资，还是图你家的大瓦房。

姑娘说，啥也不图啊，我就图你人好，老实。

春茂爷爷跟姑娘谈了一阵儿，拉着爸一块儿去铜川拜见岳父岳母，爸回来以后特别高兴，说春茂真是有福气，老两口都是知书识礼的人，说话温和客气，说女子自小有主意，小辈的事他们不掺和，自己商量着办就行。春茂爷爷愁眉苦脸地说，那这就要结婚呀。妈说，那可不，该买车子买车子，该扯料子扯料子，这么高兴的事你发啥愣啊。

春茂爷爷恍恍惚惚地被爸和叔叔们驾着，东市买骏马，西市买辔头，筹备得差不多了，他妈在家里跌了一跤，躺在炕上。老太太弄伤了腿，心里却欢喜，催着春茂爷爷收拾屋子，给顶棚上糊纸，说正日子不能耽误。大家都劝她，也不急在一时，跟亲家商量一下，婚礼往后挪一挪。

老娘满心抱歉，拉着春茂说，都是我不小心，自己逞能，去挂灯呢，给摔下来啦，你看把我儿的大事情给耽误了。春茂爷爷跟爸说，其实我一点都不难受，我还挺高兴的呢。我咋总觉得这个事虚虚的，不实在，你说咱哪一点配得起人家娃。妈被他说烦了，说万万人里头，那七仙女不就看上董永了，死活要跟他过；白娘子不就爱上许仙了吗？豁出命也要给他生娃，你就当你交了狗屎运了嘛！

春茂爷爷沉吟一会儿，说，我怕人家一时没想明白，想明白了就把咱撇在半路了，到时咋整。妈拿出乐观主义精神鼓励他，说撇到半路咱再寻路走吗，前怕老虎后怕狼，娶个媳妇吗，不是让你去受死。春茂爷爷去跟丈人商量改期，还没去呢，小舅子拎着点心来了，说爹妈派他来看看亲家大姨，说别担心，好好养伤，啥时养好了啥时办事，不能让婆婆瘸着腿看媳妇敬茶。大家放下心来。婆婆伤了腿，儿媳妇下班了没回宿舍，先来家里帮着做饭，春茂妈看着红牡丹儿媳妇在自己家的厨房里忙活，喝杯茶都能拧出蜜来。

到了八月节下，春茂爷爷去给岳丈送礼，他跟爸妈说，我带贞儿一块儿去玩吧。我爸叮嘱我到了人家家里要有礼貌，要记得叫人，不能乱吃乱动。我一一答应着，跟着春茂爷爷去了火车站。第一次坐火车，路程并不长，但是心情起伏得厉害，一路上拉着春茂爷爷看山看石头看对过的小孩儿。到了地方，春茂的小舅子来接我们，他看着就聪明和气，我马上就喜欢上他了。家里的老人也都长得清癯慈祥，看到我很热情，翻箱倒柜地找点心果子招待我。喝完橘子汁我想上厕所，就往外走，奶奶问我，你想上厕所吗？这边来。她拉开一扇小门，跟我说来，上这来。我看着那个雪白的陶瓷蹲坑，发出了低低地赞叹。

啊，多么进步，多么芳香，多么高级的一个厕所啊。这次愉快的如厕经历给我四岁的心灵很大的震撼，在归家之后很长时间里，我都在挖空心思动用我所有语言储备，跟我爸我妈我舅舅和我外婆描述那个美丽光洁的冲水马桶，人家家里过着多高级的生活啊，厕所都是在自己家里头。不用出门，不用土掩埋，也不用定期请人来掏粪，直接用水一冲，不见了。我跟妈说，我也想要住那样的房子。每天用冲水马桶上厕所。

爸摸摸我头，敷衍又慈爱地说，嗯，会的会的。妈看着我，也说会的，但是语气坚定得多。

在大院的平房里住了几年后，不适感不减反增。有一年家里有了耗子，妈做好的香肠，埋在沙子里的土豆和窗根下的大白菜被啃得乱七八糟。我们家的猫像个选美佳丽一样，每天只顾着梳头洗脸，完全不务正业。妈从姥姥家借来一只肥嘟嘟的大花猫，一周就逮住了三只老鼠。

冬天，妈开始洗涮从医院要来的打点滴用的药水瓶，准备灌制番茄酱。站在我爸搭建的厨房里，她忽然感慨说道，要是住在楼房里就好了，地上就不会返潮了。我看看自己脚下，一朵青苔开得绿油油的。把院子里所有的砖头都翻过来时也会发现“惊喜”，我找到了八只西瓜虫，五只小甲虫。二楼的大伟在关门，对面楼上传来“哐”的一声。大伟妈妈的怒喝声也随之传来，你又去外面疯，作业写不好，回来给你吃顿“竹板炒肉”。我发出“叽咕”的笑声，大伟在走廊里冲我喊，你们家今天吃西红柿炒鸡蛋对不对，我在楼上都看见啦。

我也开始向往楼房。其他同学都是要上楼梯才能到家，我拉开铁门就到了。我不喜欢这种开门见山的简单生活，我觉得人生有台阶可上是多么进步光荣的事。关上门之后的世界是隐秘而高级的，我的院落是那么坦白而没有曲折的深度。下午吃饭的时候我坐在木饭桌前，用手抠上面的油漆，妈说，你怎么啦，芹菜太咸了吗？我说，妈，咱们到房间里吃饭吧，我的花背心也不要晾在外头了。

妈说，外头多畅快，以前人都是抱着碗蹲在门口吃饭呢，就你事多。

我就不说话了，童年的那颗虚荣心发动，我开始诋毁大院，由衷地向往那种密闭、文明、优雅的公寓生活。而现在，历尽波折终于过上质朴的乡村生活，吃饭时有了更阔大的背景，我常常想起盛放在那个院子里的我的童年，怀念那个煤棚里的秋千架，爸栽种的那些花卉，妈的高跟鞋踩在积水里开朗的呱唧声。

春茂爷爷结婚了，人人艳羡他的好运，但是很长一段时间里他似乎并没有消化这份福气。他对婚姻生活颇多抱怨，说妻子太古板，要求他刷牙洗脚剪指甲；提醒他喝汤的时候不要呼噜；吃面的时候不要吧唧嘴。他说我就是这么个人，没过过高级生活，爹不是老中医，妈也不是教师，我就是这么不讲究地蹲在门槛上吃饭，蹲在旱厕里方便，粗粗糙糙长大的，我跟她弄不到一块儿。他跟爸说这些的时候，妈在院子里杀鸡，他说，我媳妇就干不来这种活儿，看见我妈用开水烫鸡毛，她说太残忍了。你说鸡都死了，它知道个啥。

我不知道是春茂爷爷的不自信让他放大了这段关系里的不和谐，还是他有敏锐的预见性早已洞察了婚姻基础中的不匹配。他开始跟媳妇闹别扭，三天两头地吵架摔东西，媳妇涵养很好，说不过他就不开口了。在公公婆婆面前不露愠色，也不告丈夫的状。春茂妈很羞惭，觉得儿子不争气，放着这么好的老婆还胡生事端，根本就是不知道好歹。

爸妈去劝和，媳妇说我也没说啥，就是跟他说下了班也看看书、读读报，别老去找宝安他们打牌，你愿意学书法也行，愿意画画也行，业余时间干点有意义的事多好。他就急了，说他就是个工人，整那套小资产阶级的东西干啥，他现在开始写字还能写成个赵朴初？媳妇笑得很无奈，看得出来没有真生气。

爸妈去劝春茂爷爷，他摆摆手说，说不到一块儿，你知不知道？我就是个泥腿子，她说的都是好话我也知道，可我就不愿意听。爸说，春茂爷爷早先就不爱上学，听见先生训话就翻白眼，精神深处，他还是那个调皮的小男孩。

妈开始跟爸说，再打个报告，申请一下房子，我们借住在平房也很长时间了，跟爸同期进厂的同志也都住上了厂子分配的楼房里。妈说，你不能老是等啊，这事得主动去要啊。爸答应了，迟迟不开口，还是李师傅看不过去，带他去找工会主席，说小刘家娃也上小学了，一直没地方住，爱人单位的房子明年也不借了，你让他们一家三口咋办，不能老是给人塞个先进的红本本糊弄事吗，帮忙把这个问题解决一下。

工会主席翻了翻笔记本，说，小刘这个房子，也该排到了，我去给你落实一下啊。跑了几回房管所，我们家终于有了一套房子，在二中附近，二层西户，两室一卫，没有厅。房子不完美，西晒；面积也小，是旧房，但是爸妈很满意，我也非常高兴。做了这么久的楼房梦，终于实现了。告别大院平房的时候，爸把很多东西留给了住在门房的李伯伯，等我去找张月玲玩的时候，路过大院，隔着铁门看，那些花草没有人侍弄，已经荒芜一片。煤棚里的秋千架还在，悬空在风里，有一种笨拙的寂寞。

我们搬家的时候，裴叔叔和姜叔叔都来了，春茂爷爷没有来帮忙。对他罕见的缺席，大家也都不提，庆祝搬家的喜宴上，我问妈春茂爷爷呢，他咋不来。妈说他忙着呢，小孩子别问那么多。后来听说他正闹离婚呢。大家都不理解他的决定，也没办法同情他的处境，连爸妈也觉得他是不可理喻。后来我慢慢咀嚼这件事情，大概了解了他的想法。是，她很好，人人都称羡的好，但是搔不到我的痒处，她的好与我何干呢；她很好，处处比对出我的不好，让我信心日渐稀薄，她的好不仅与我无干甚至对我有害。春茂爷爷跟媳妇在一起不舒展不自然不快活，越是被人艳羡他越是委屈丛生，他喜欢在洋灰地上四仰八叉地躺着，不爱在客厅的沙发上正襟坐着，他的精神在庭院里，上了楼他拘束。

媳妇一家是有风度的人，接受失败，挽回不了，媳妇也没有纠缠，三年婚姻就此结束。他舒了一口气，但是爹妈都气病了。媳妇走时，老两口眼泪汪汪，说把儿子惯得不成样子，对不起人家女子，请媳妇不要记恨他们老两口。媳妇也落了泪，说公公婆婆待她很好。跟春茂做不成夫妻，是她没福气。

媳妇走了，春茂爹越想越气，拿起拐杖追着儿子就打。春茂爷爷指着离婚证说，你打我干啥，你打我这红本本也已经变成绿本本了。

春茂爷爷离了婚之后来我们的新家，说这地方局促还是原来住的那个院子好，你看又有树荫又有花，房子也大，院子里能放多少煤球、大白菜呀。你搬到这儿，连自行车都没地方放。爸刚丢了一辆自行车，心里正憋气，听到他这么讲来了火，说我明天就在楼下修个车棚，咋没地方放。

马桶用了几天，妈跟我说你别老玩这个东西啊，费水。我开始想，这两天下雨，松树底下那一坨蘑菇，长出来了没啊。长出来了肯定被老鼠吃了。

单身不久，春茂爷爷开始相亲。他信任爸，拉着爸去当参谋。介绍人没有什么信心，跟爸说，春茂这个脾性我都摸不准，原来那个多漂亮啊，愣跟人家过不下去，人家调回铜川立马嫁了一个大夫，你看可惜不可惜。这个姑娘吧，比起原来那个，样子没法比。爸说缘分的事没法说，没准你看着不好，人家一眼看上了呢。

一见面，姑娘特别腼腆，说近视眼严重，所以眼神不活泛，表情也严肃。爸想这跟前妻可差太远了吧，想着待会儿怎么安慰春茂呢，春茂爷爷戳戳他说，你看这个怎么样。爸说，你自己觉得呢？他说，我看这个好，比原来那个强。

爸赶快把后半句话咽下去了，说那你们俩好好聊，我回去还修车棚呢。

春茂爷爷幸福地迎来第二段婚姻，他非常爱他的新妻子，大家诧异了一阵也就释然了，毕竟是人家的日子，过得好不好还得看当事人自己的感受。妈说这就是半斤八两，彼此都舒适。哲学家裴叔叔评论说山鸡配凤凰，拍合照都凑不到一个框里。王八看绿豆，咋看咋顺眼。

我想婚姻也跟住所一样。心灵上的舒适和概念上的美观有时候不能统一，怎么取舍，看你自己了。春茂爷爷还是个有决断的人，他在后来的婚姻生活里越来越快乐，越来越胖，中年后已经是一个大腹便便、自信满满的工厂段长。我想他找到了他想要的幸福。

故乡在近旁

我的小学和中学都是在大厂的子弟学校度过的，没有经历非常复杂惨烈的择校和升学竞争。大厂有它的气派，各种机构设施补给一应俱全，有自己的电影院，自己的体育馆，自己的灯光球场，自己的报社和电视台；大厂有它的气质，兼容并蓄不独沽一味。从前我在其中的时候，并没有怎么珍惜大厂生活圈的成长经验，离开之后我发现，大厂文化有它落落大方自信昂扬的地方。客观地说，我们是沐浴过社会主义和煦阳光的人群。

大厂里有几万的干部职工，他们来自

五湖四海，走在厂区和家属院，你能听见各种口音，相反，操本地土语的倒不多。我同学的父母有北京人、上海人、大连人、青岛人，他们像蒲公英一样，乘着理想的春风，降落在西北小镇。他们都有根系，在某一个东风鼓荡号角响起的地方。

从前开学的第一天，老师都会让我们交流一下假期见闻。大家站起来纷纷讲起自己去舅舅家、姨妈家、外婆家、奶奶家，吃了什么东西玩了什么游戏，在火车上在汽车上在西湖边在故宫里看到了些什么景，遇见了什么人。听着他们的故事，我一片哑然。假期对他们来说意味着远方，对我则意味着近旁。我的亲属在方圆三十里内，一天可以见全。我的假期就是自己在家做作业，跟着我妈去单位，去外公家住几天，在姨妈家过个周末，仅此而已。这让我有一种联想，他们是有降落伞的，是风所喜悦的，是春天的近亲。而我是松果，没有飞翔的过程，从树上落下来，就只能落在树根的旁边。

和我交好的朋友，陈素华有山西的亲戚，郝琳的奶奶、姑妈都在北京，张月玲的老家在吹着海风的大连，她还有一位远嫁日本的小姨。她们在假期都会回老家，跟亲属们团聚，她们的父母是家族里漂泊最远的孩子，为了建设国防而远赴西北，在家人心中类似戍边或流放，因此她们的到来，会得到家族其他成员更多的怜惜和关爱，每一次返乡她们都会满载而归，带来美国日本上海北京各样金光闪闪的特产。分享这些资讯和特产的时候，我除了感受到友谊的热度，还会体验到尖锐的落寞。我没有名头响亮的老家，我没有华丽新奇的见闻，我是一个和远方没有确切关联的人，我的父母已经是他们各自家族里飘得最远的那一片叶子。

直到小学毕业，我去过最远的地方，就是六十公里以外的半坡历史博物馆而已。我发现自己的生活半径是如此狭窄，这对于童年时代的我而言，是一个莫大遗憾。

三年级的作文课上，老师教我们写信的格式，然后让我们写一封信，寄给远方的亲戚，默认我们每个人都有一个遥远的来处。我思之再三，决定给外婆写信，她已经是距离我最远的亲属了，比二叔和姑妈都远，而舅舅当时也是我们家学历最高的人。周末去外婆家的时候我抄下了她门楼上的门牌号码，然后买了信封，写上地址，贴上邮票。刚刚见过面，哪有什么可写在纸上的话题，就扭扭捏捏地嘘寒问暖，落款是您的外孙女。然后我把这封八股的请安信放进了邮筒，舅舅接到信，吓了一大跳，看到信上的字迹完全不认识。落款我查字典写了刘绒。他猜了猜，八成是我。外婆的概念里，有信件来是了不起的事情，写在纸上的东西是不能随便涂抹丢弃的，是有魔力的。她生平收到的唯一一封信就是她先父的阵亡通知书。我舅舅把信展开，读了一遍，外婆很高兴，说娃写得好。

老师让我们把亲属的回信拿来，我只好央告舅舅写几行字给我，他很费踌躇，写了两行字给我，我装进信封里头交了上去。大家拿出的回信都有漂亮的邮票，邮戳来自陌生而美丽的城市。一个我不喜欢的女生指着我的信封念出来说："某某公社某某大队，这是你家什么人啊？"我有种挫败感，虚荣心受到了打击。虽然这不是很健康，但是少年的我无法克服，我感到很沮丧，我和别人是不同的。

我的奶奶不是我理想中的奶奶，我对爷爷没有丝毫印象，我的亲属中没有医生、教师和科学家，天津对我只是个明信片，上海对我而言只是两块大白兔奶糖。你的成绩好又怎么样，你会背很多成语又怎么样，你普通话标准又如何，你黑板报比赛得奖又如何，你是一个土生土长的本地人，你有比别人局促和卑微的来处，这当然不是个鼓舞人心的发现。

那一年的寒假，我跟妈一块儿去外婆家，准备在那里度过两周。我第一次感到百无聊赖，面对草地和柿子树，我不再有奔跑和攀爬的欲望。妈把我放下，吃过饭就走了。我坐在门槛上，揪着手指头上的倒刺儿，没精打采地想着大家现在在干什么呢，张月玲的小姨从日本又给她带什么好东西了呢。羊圈里的母羊突然“咩咩”叫得很急，围着桩子一圈一圈打转，然后就不动了。我跑过去一看，母羊屁股后出现了一坨东西，湿漉漉，粘嗒嗒地掉在地上，是一只小羊羔。我大叫让舅舅快出来，母羊生崽了。舅舅说，你把羊羔抱进来，让它煨煨火。我走过去抱起小羊往屋里走。因为它湿乎乎的，手感很怪异，我心里一慌，走到门槛边上就把它掉下来了，小羊摔在地上，我和母羊同时大叫。

我的假期有了别样的乐趣，那时的乡间还不像现在这样凋敝，每家的青年们都在家里或田间劳作，农闲时去邻居家串门也是有趣事一件，可以拉着平安的媳妇给我做荷包，拽着石头的姐姐给我炸油糕，等到礼拜天妈来的时候，让她带我去村东头的供销社买罐头。我睡在外婆的火炕上，盖着外公的羊皮袄，早起喝一碗热羊奶，去圈里看一看一天比一天硬实的小羊，觉得假日也挺不错的。

那时我们班上有一对双胞胎，她们长得很漂亮，有文艺特长，是学校的风云人物，在女生中类似大小S的存在。她们有自己的小团体，你必须同她们交好，才能在班上立足。我非常不喜欢这种女生中流行的小把戏，感觉很没意思，虚伪地团结在一起，构建姊妹情深的繁荣假象。她们其中的一个女孩好像对我挺反感的，鼓动别人不要跟我讲话，别跟我一块儿走，给我的学校生活带来了一点困扰。我一直都极讨厌告密、构陷和派系斗争，这种厌倦和反感大概就是从那时开始的吧。现在我回忆的时候，也很难想象，小学二三年级的女生，排挤和欺负别人能有多严重，但是时至今日我仍然有印象，那种陷在纠葛里头的愤懑和疲惫。所以，从大院平房搬家到四区的楼房，妈说现在上学远了啊，要不要转学啊。我很高兴，马上说我要转学。

三年级下半学期，我转学到了离家比较近的学校。转学的时候，期末考试成绩是全班第一，老师有点舍不得，说，你真的要走啊。我说，嗯。我在新学校，度过了相对单纯快乐的时光。新班级里，有一个学习非常好的女生，她梳着披肩发，发顶的一束头发用发卡别住，像墨西哥电视剧《卞卡》的女主角一样垂下来，丹凤眼，白皮肤，气质很好。她父亲是外厂处干部，外派香港工作，母亲是医院大夫，姥姥姥爷都是退休教师，身上有书香门第的高雅气息。总之，我们在吹口琴的时候，人家在弹钢琴；我们在推铁环的时候，人家在练芭蕾舞。丹凤眼姑娘穿着我们没见过的连衣裙，背着我们没用过的书包，当我们吭哧吭哧用上吸铁石的文具盒时，人家已经抛弃了三层的文具盒用上了卡通图案的；当我们还在用大块绘图橡皮的时候，人家已经用上了带着香味的兔子造型的橡皮了。

你辛辛苦苦攒了一季小贴纸，终于换来了和她一样的笔记本，人家一夜之间已经更新了，笔记本是上锁的。你永远跟不上，你永远在仰望。可是弹钢琴的姑娘愿意跟我做朋友，主动示好，因为我一来就拿走了她第一名的位置，她妈妈说要和优秀的人做朋友，所以她馈赠给我一份友谊。

我偏科的倾向越来越明显，我不大喜欢数学，数学老师因为药物过敏的问题，身体虚胖，任何时候都气喘吁吁，她常常苦恼地问我，你看为什么你整个公式展开得都对，最后一步运算结果却错了呢？多可惜，差一点就全对了呢！

有次作文题目要我们写“我的 ××”，我写了舅舅，我说他在村里的采石场做工。老师每次都会挑我的范文来读，可那一次我宁可自己写得很差。弹钢琴的姑娘说，原来你外婆家在农村呀，我一直以为你外公外婆不是医生就是干部呢，真是一点也看不出来，你普通话说得这么好。

后来高中的时候，有个女孩看了我的小说，在操场上跟我说，刘贞，我很喜欢你啊，但是我不喜欢你的脸。那是我听过的另一句残酷的实话，翻译成大白话就是，你还挺有才华的，但是你太丑了呀。面对这样诚实的评价，我只好爽快承认，我也不喜欢这样，可我无能为力呀。我的样子，我的来处，都是我无法修正，无从拒绝的。

此后，那个姑娘并没有疏远我，但是和她在一起，我开始有了一点异样的感觉。我知道她没有恶意，她非常单纯善良，有心病的人是我。

那几年里，亲戚们常常上门，来求救、来问计、来诉苦、来凑盘缠、来交换生活里的辛酸和压抑。那几年，小姨和舅舅相继婚变。后来，妈协助舅舅盖起了新房。那段时间妈下了班就会回去监工，我回到家常常只有爸一个人在。他会做的菜不多，最拿手的就是酸辣土豆丝。他喜欢给土豆丝里放青蒜，味道很冲，他问我怎么样，爸炒菜好不好吃。我说很好吃。后来我一旦生病，他就会自告奋勇地说，贞喜欢我做的土豆丝，我给她炒。

大概小学三四年级时，外公就开始交代妈给他拾掇一副棺材。妈托人买了松木板，请了匠人在家开工。棺材做好了，大家都来看，棺材上还刻着仙鹤松柏的图案，看起来很美观。爸从单位拿了油漆，把棺材刷得通体漆黑，停厝在谷仓附近，棺材做好了，外公很高兴，专门请了一桌酒席，办了个仪式。漆干了以后用大塑料布把棺材裹起来，每年开封一次，上一道油漆。每年的那一天，外公都会细细欣赏他的寿材，抚摸着棺盖，表情非常快慰。

我不能理解乡间这种对于死后排场的执念。外公跟我说，等爷死了，你帮我请十八个吹鼓手，唱三天戏，爷在那一头就高兴得很了。

我总是虚应一句，好呀。可我心里想，想听戏，为什么不干脆现在就去听呢，花这笔钱，是服务了死人，还是安慰了活人？毫无意义。

后来农村土葬也有了一系列规定，村里以前竖的碑都被推平了。外公开始担心他归老后的安居问题。妈给外公在北塬买了墓地，跟他说你走后肯定能有一块碑，写着你的名字，肯定能吃上后人给你的香火。

对我妈来说，外公家像一个圆点，她以此为半径，人生画了一个小小的圆，但是她的心永远在那个圆点正中间。她好像从来没有埋怨过她的来处，没有厌倦过这种逼仄的黯淡的现实。她只是掮着她的家，像一个重重的背囊，艰难但是努力地向前，一点一点，洗掉泥淖。抬头望远方，对她来说，太奢侈也太不切实。

我不太喜欢这种走向。我从小喜欢远方，我想我得离开这个小城，我得去更辽阔处更广袤处更深邃处更明亮处。我得去一个不同于此的，一个别处。我怀着一颗荡子的心，不怕山水迢遥，做着关于远方的气势恢宏的梦。那里芳草丛生，欢歌笑语，而我要去那青草更青处漫溯，去到那歌声更深处徜徉。

我在日记本里告诉自己，我要离开小城，让我的父母收到很多来自远方的来信。我要让我的孩子对假期有更遥远的盼望。我要我的人生，有一个始发地，有一个目的地，有一段航行，有一段飞行，有一段从甲地到乙地的距离。我要我的灵魂，有一段漂流的经验。

高考之后，我去了西安，开始独立的异地生活。虽然不那么远，我还是写了很多封信给我的父母。爸把它们锁在床下的一个大铁箱子里，和印信还有很多重要的票据放在一处，那也是他收到的，最珍贵、最遥远的来信。

那些花儿

跟妈同期进入食品公司的姑娘有十几个，和她最亲厚的是米拉阿姨。她们两个是同乡，家境类似，都是家里的长女，有共同话题，有共同的憧憬和共同的困境。其他的姑娘大多也都是来自附近的乡镇，身上有着浓重的乡村气息，当大家聊起地里的收成，今年的棉花成色和化肥价格，来自西安的城里娃小苗阿姨完全插不上嘴，在一众女工当中，显得就有那么点格格不入。

小苗阿姨家在纺织城，父亲是国棉厂的工人，母亲在社办工厂当出纳，也是一个普通家庭，但是比起其他出身农家的姑娘，总算是省城见过世面的人。开始大家伙儿对她还是抱了很大兴趣的，拉着她问长问短，城墙到底有多高，护城河里的水能游泳不，易俗社的大门朝哪边开，你在西安城里见过秦腔名角任哲中没。这些问题，小苗阿姨大都答不上来，涨红了脸说，我也说不准。大家都挺失望的，城里来的女子，除了军挎包比咱的新一点，也没啥出奇的地方。男工们更是掩饰不住失望，说省城的姑娘，长得也不咋样，别说跟徐亮没法比，就是跟小秦小米比，也差着一截子。

小苗阿姨个子挺高，但是身形胖大，圆脸有点肿眼泡，两条大辫子直垂到腰下边，算不上漂亮，也说不上丑。食品公司一次就新来了十几个女工，在周遭的单位引起了极大关注。区上组织歌咏比赛的时候，姑娘们一字排开，红色毛衣里边露着雪白的假领子，蓝裤子裤线笔挺，军绿挎包洗得干净，白袜子衬着黑色的偏带布鞋，手上的红宝书挥得有力，脸上洋溢着青春的光彩，也是摩登得一塌糊涂。工会主席老赵拍摄的照片，还在我们家的相册里，小苗阿姨在二排最左边，是最不显眼的一个。

食品公司旁边，是武警的一个驻地。姑娘们下班时，会遇到休假的士兵，有胆子大的就会冲着姑娘们的背影吹口哨。米拉阿姨性格泼辣，常常会回头在人群中翻检，锁定以后用圆眼睛狠狠地剜一下那个吹口哨的家伙。小苗胆小，就赶紧拉着她跑，说别惹事。徐亮阿姨在的话，就会故意走得更慢，把腰肢扭得更好看，说，哼，怕啥，馋馋他们也好。

小苗阿姨的室友结婚搬出去以后，她有一阵跟妈住在一个宿舍，周末妈看她无聊，就拉着她回外婆家。外婆看到城里女子也稀罕得不行，给做各样吃食，拉着她说这说那。外婆去单位看妈的时候，也给她塞一把后院产的枣子，拿一兜自己家结的核桃。外婆跟妈说小苗这娃也怪好的，就是长得一般，不打眼。

姑娘们慢慢都有了追求者，徐亮阿姨长得美，有三四拨人马在她周围逡巡；米拉阿姨回家过中秋节，家里安排她和探亲回家的炊事兵小杜相亲，两个人情投意合也开始交往；刘老虎也给我爸我妈牵了线，我爸带着好友春茂常常来找妈联谊；小周阿姨也跟棉花公司的司机小唐偷偷通信；小苗阿姨却还是一个人。到了周末，大伙都去约会，她没地方去，就搭车回家。常师傅是个热心人，向她打问，她一到周末就急着回家，是不是在西安有相好的对象。她很腼腆，说没有的事。常师傅就说，那我给你介绍一个吧，就怕你是城里来的，看不上我们这小地方的人。

小苗阿姨就涨红了脸，说她还不想考虑这种问题呢。常师傅就建议她回家问问父母，看家里人是想让她在这安家立业呢，还是想让她回城里找对象。等过完周末，小苗阿姨回来了，常师傅就追着她问，家里爸妈咋说的。小苗阿姨吭哧半天，说我没问呢。等到小苗她妈来看她给她送厚被窝，常师傅上去拉话，两个人聊得挺开心的，常师傅就把自己想给小苗介绍男朋友的事说了。小苗阿姨的母亲挺高兴的，说家里孩子多，她弟弟还没找着工作呢，实在顾不上小苗的婚事儿，个人问题就请师傅们帮着操心留意了。

常师傅得了许可，马上行动，给小苗介绍了肉联厂老唐的儿子建国。建国继承父业，也在肉联厂上班，在第三门市部卖猪肉。常师傅换休的时候带着小苗去三门市相看唐建国，三门市人头攒动，小唐挥刀斩肉上秤，动作潇洒利落。小苗在人群后看了会儿，摇了摇头。常师傅问她咋样，她说，我觉着不太好呢。常师傅让她说具体点，她说，感觉这人脾气不好。你看顾客让他再复一遍秤，他气得连锉刀都扔了。常师傅受了打击，说，没事，我还有个人选，咱们工会主席老赵有个侄子，在钣金厂工作，小伙子脾气好，斯文。

周末，小苗阿姨没有回家，央求米拉阿姨跟她一起去见钣金厂的小伙。见了面，小苗阿姨就低着头不讲话，小伙子也腼腆不开口，米拉阿姨着急得不行，说，你俩是啥意思，演哑剧啊，好歹说点啥吗。别别扭扭结束了相亲，常师傅问小伙子有什么意见，人家说对小苗阿姨没什么印象，觉得米拉阿姨还挺可爱的。

有了这么一回，米拉阿姨再也不肯跟着小苗去约会了。下次见面的时候，她就拉上了周西芹阿姨。结果，人家男方又表示，看中了周阿姨。小苗阿姨挺苦闷，小姐妹们也很尴尬。常师傅介绍了三四个，无一成功，技穷之下表示自己辜负了小苗妈妈的信任，怪不好意思的。小苗阿姨拒绝了唐师傅的儿子、张师傅的外甥和李大姐的兄弟，再见这些师傅们就有点别别扭扭的感觉。她跟女工们说，我觉着唐师傅看见我好像挺不高兴的，其实我不想在单位里找对象，就是这个原因，成不成的，都挺影响工作的。大伙就劝她，说唐师傅不是小心眼的人，你别想太多了。她说，都是常师傅太热心，看人又没有准头，弄得人挺尴尬的。常师傅知道了，自觉没趣，说，我也是一片好心，没想到小苗不领情，就当我多管闲事吧。

常师傅虽然放弃了，热心人还是所在多矣，周末拉着小苗去相亲吃饭看电影的人还是不少。小苗阿姨甩着大辫奔波在相亲的路上，成绩却不佳。她看中的，人家看不中她；喜欢她的，她又不喜欢对方。大家劝慰她说姻缘的事不能急。她说，我知道，我不急，人总得对得起自己吗，不能怕麻烦咬咬牙拍拍脑袋就把自己给交代了，这可是一辈子的事呢。

小苗阿姨蹉跎了一年，周亮阿姨嫁人后调离了食品公司。又一年，妈和爸结婚后也从宿舍搬了出去。第三年，米拉阿姨和小杜叔叔订了婚，单等着他复员回来，工作落实就办事结婚。周西芹阿姨跟棉花公司的小唐吹了以后和春茂爷爷相处了一阵，最终情定调回开封的前同事赵新胜。六七年过去了，小苗阿姨参加了几位姐妹的婚礼之后，慢慢迎来了 27 岁。

27 岁这一年，她认识了新调来的工会文化干事小刁。小刁是复转军人，性子刁钻，让人想到《沙家浜》里阴阳怪气的刁得一，但是跟 1980 年的春天一起到来的小刁，有暖阳般的笑容，握着粉笔的手指修长得像钢琴师，眼神如微风一样和煦，在食堂里跟她打招呼的瞬间，小苗阿姨的心被重重地撞击，她恋爱了。她给小刁写信，织毛衣，给他做各种各样的炸丸子、四喜丸子、蒸饺和烩面，她在小刁经过的每个路口徘徊，在他目光所及的每个方向凝神。她的热烈和笨拙让小刁无所适从，小刁跟工会干部老赵说，我每天醒来都觉得害怕，我怕她在门口堵我，在我枕头底下放信，给我削苹果、洗袜子，我觉得挺吓人的。

小苗阿姨的痴恋没有换来对方的感动，小刁说他根本不喜欢小苗阿姨那样的女子，他想找一个小巧秀气、会唱歌、爱看书的姑娘，反正他的理想型跟小苗一丁点共性都没有。小苗阿姨受了打击，瘦了一圈，在宿舍喝了安眠药，送到医院人救下来，小刁的魂吓掉了一半，申请调动，离开了单位。小苗阿姨也跟家里说，她想回城，哪怕在街道缝纫厂当个车工也行，甚至在马路上扫地都行，她不想再待在这里了。小苗阿姨调回西安之后，把她的两本书《钢铁是怎样炼成的》和《青春之歌》送给了我妈，说以后给贞看吧。

后来听说她还是没有成家，跟父母住在一块儿。再后来有她的消息，却是说她检查出了乳腺癌，做了手术，但是癌细胞已经扩散了。医生说也没有什么更好的办法，让她在家休养。妈去西安看她，她很高兴，拉着妈的手埋怨妈，为啥不早点来看她，跟她说说话。妈跟她讲了很多宽心话，让她把心放肚子里，啥事都有转机的。她发了一会儿呆，说你还记得小刁不。妈说记得。她说她还是常常想起小刁，不知道小刁会不会偶尔记起她。

临走的时候，小苗阿姨拉着妈的手说，莲，你有时间就来看看我，也不知道咱们还能再见面不。妈也流了眼泪，语气很刚硬地说，胡说啥呢，我下回来看你，你保准还硬硬邦邦的呢。

那之后不久，米拉阿姨去看她，回来说情况很不好。再后来，接到她家人的电话，说她过世了，还不到四十岁。

妈有时候翻相册，看到当年的合影，手指会在小苗阿姨的脸上摩挲一阵，说看那时候多年轻啊，小苗这一生，就是生生把自己耽误了，要捞天上的月亮，不看脚底下的路。

照片上，小苗阿姨的脸上洋溢着笑容，虽然在最青春的时候，她不是最出众的那个，但是她的快乐和年轻，是那么动人。她渴望爱情，想成为某个人的新娘，没有如愿；她喜欢孩子，想成为一个快活的母亲，没有实现。我想任何一段青春的陨落都很可惜，她的这一段，寂寞空旷，更让人嗟叹。

公认，徐亮阿姨是食品公司女工里面最出挑的。她家家境平凡，父亲是厂里的锅炉工，母亲是家庭妇女，家里有三个女儿，她上面还有两个姐姐。徐家三姐妹个个长得好，行三的徐亮阿姨尤为突出。她个子高挑，脖颈修长，肤如凝脂，菱角眼，艳光四射，很像《伪装者》里的汪曼春汪处长，走在小城的街道上，别提多醒目了。她一进食品厂，就在青工中间引发了轰动。她调走后，据说栅栏里的猪都不欢实了。

周末总有小伙子在厂门口等她回家，抢着帮她拿包扛行李，还有人拿图钉去扎她的自行车胎，隔三岔五地拔掉她的气门芯，想借着修车子来套近乎。宿舍窗户底下，老有人唱歌吹口哨，在黑暗里叫她的名字，弄得妇女主任常师傅特别恼火。

徐亮阿姨不发火也不着急，手段很玲珑，谁也不得罪。客客气气地化解一切进攻，笑呵呵地封堵所有追求。都说她是有主见的人，明白个人恋爱这件事要放在整个家族的角度来考量。她有幼弟要拉拔，有渐入暮年的父母要奉养，美貌是不能在无意义的恋爱里头虚掷的。

很快，她在一众追求者当中择定了一个，小伙子是商业局的司机，长得五官端正，眉眼清秀。握方向盘在当时是挺吃香的职业，小伙子的父母也是区上的领导，家境非常优越。关系确立之后，徐亮阿姨很快就调离了食品公司的水产部，进入了军工厂的机关单位，当了科员。婚礼上，她父亲笑得非常欣慰，大伙都说看不出她父母那么平淡的长相，那么羞赧的个性，能生出三个这么整齐又耀眼的闺女。

徐亮阿姨结婚以后就生了个儿子，深得公公喜爱，和婆婆相处得也挺好，常常一块儿上街，一起买菜。她不忘本，经常回食品公司看小姐妹，每次亮相都穿着丈夫从北京上海出差带回来的时新衣服，全是小城没有的样式，她人又出挑，每每引起大伙的羡慕追捧。米拉阿姨跟妈说，欸，人比人气死人，咱要有人家日子过得一半那么顺心就好了。

谁也料不到，儿子长到四五岁的时候，徐亮阿姨忽然闹了婚变。她和她姐姐的邻居，工学院的一个老师好上了。那个老师会吹箫会拉小提琴还会写诗，是上海某名牌大学的毕业生，后来被下放到西北，再也没有回去，婚姻也被耽误了，年纪老大才找了个乡下的媳妇，刚刚接家出来。

两个人交往的具体情形不可考，只知道徐亮阿姨这一次恋爱如同野火过境，姿态绚烂，而结果惨烈，她坚决离婚，放弃大好姻缘，不惜抛下痴心的丈夫和可爱的儿子。自己相中的儿媳妇竟然出了这种纰漏，公公受了打击，在医院躺了两个月。丈夫小赵苦谏未果，心灰意冷，割腕未遂，黯然放手。徐亮阿姨拿出红拂夜奔的勇气和信心，上海老师这一边却没有李靖的魄力，一直没有离成婚。乡下老婆闹到工会，妇联，徐亮阿姨除了“美人”的名号，又多了一项社会认证——狐狸精。

上海老师被学校停课，在家反省，感到最难消受美人恩，世情险恶，他只好以慧剑断情丝。和老师的苦恋持续数年，徐亮阿姨一意孤行，抛夫别子，没有换来厮守终身的结局。她潇洒面对战果，挥挥衣袖，表示对爱人放生。

美人的美总不会被抛掷，去北海出差的时候，她认识了一个生意人。这个人家在西安，有妻有子，生意做得很大，在海南有公司。生意人爱慕她的明艳，也欣赏她的决断，向她伸出双手。徐亮阿姨接受命运的召唤，办理停薪留职的手续，跟着生意人远赴南方，开疆辟土，两个人的感情在共事中日益升华，既是恋人也是伙伴。这种关系并不见容于舆论，但面对非议，她像从前一样潇洒，她妈妈的葬礼上，她跟妈和米拉阿姨说，现在我爸妈都不在了，我也没啥好怕的了，横竖名声已经像块破布条，随它去吧。

后来生意人投资失利，搬回西安，在西安给她买了一套房，说感谢她这些年的陪伴，两个人的缘分大概也只能到这里了，她还有美貌和青春，大可以离开他在另一片天空下自由飞舞。徐亮阿姨是见过世面的人，不纠缠，不耽延，干净分手。回到小城，正式辞职，自己开了个服装店卖衣服，她自己就是个活招牌，店里生意非常好。

妈带我去她店里玩，她拿出两套衣服让妈试，妈说你这衣服贵的，我一个月工资都买不起两件，她笑笑说你去试吧，按进价给你。妈出来，她问我看你妈妈漂亮吧，我老实作答，漂亮，但是阿姨更漂亮。她就笑笑说漂亮没有什么用啊，你看阿姨就没有你这么聪明的闺女。

那时她的前夫已经把儿子拉扯长大，儿子学习不好，脾气很温柔，像他爸爸。前夫一直没有结婚，若干年里拒绝一切媒妁的问询，大家都说你往前再走一步吧，他说我不想忘了她，万一她回来了呢。

大家感动于他的痴情，觉得神给了徐亮阿姨一个特别好的台阶，纷纷去劝她跟前夫复婚，万水千山走遍，此心安处仍是你身边，多么动人多么温馨啊。说客们自个儿都感动了，但是徐亮阿姨说我不要，当日欺负了人家一次，不能再来一次。小赵是个好人，一辈子最倒霉的就是遇上了我。

大家都说她还没忘了那个生意人。那个人后来生病了，去医院一检查，胃癌晚期。徐亮阿姨得到消息，奔去医院看他。这个纵横捭阖的男人已经完全没有斗志了，说可能是当年抛弃她的报应吧，现在躺在床上，众叛亲离，小女友也卷铺盖离开了他。说到动情处潸然泪下，哭得像个孩子。

徐亮阿姨放弃了服装店的生意,以家属的身份在医院里陪护。生意人胃切除了一半，癌症倒控制住了，康复得挺快，不久就出了院。徐亮阿姨把他接到自己家，悉心照顾。大家听说了，都感慨徐亮这回是求仁得仁了，满以为两个人会再续前缘，谁想到生意人转头跟前妻复合了，跟徐亮阿姨说，年纪大了，还是觉得自己的原配、自己的儿子靠得住。

有人赞叹徐亮阿姨是有肝胆讲义气的美人，也有人说千年打雁，一朝被雁啄坏了眼。当了一辈子坏女人，仗着美貌和手腕，在男人堆里横行，徐亮这一跤跌的，趴在泥里只怕是爬不起来了。

事实证明，你说这话，真是小看了美人的意志力。

徐亮阿姨跟生意人彻底分手，给幼弟办了婚礼，给儿子娶了媳妇，为父母养老送终，还给自己的前夫小赵介绍了女友。小赵这一回没有推辞，后来和她推荐的王女士组建了新家庭。大家都说，小赵这一辈子，果然还是最听她的话。

她偶尔和妈妈她们聚会，接到个电话，就会变得非常温柔，表情妩媚，妈妈她们都猜疑那是她的新男友，但是她不说，大家也就不问。

徐亮阿姨在我印象里，永远眉目如画，肌肤胜雪。看到你未言先笑，口角春风。在小城里，仍是一道风景。如果哪天有人跟我说起，她又有什么遇合，我一点也不会惊讶。她真是我生平仅见的，一生不露败象的一个美人。

有时我会想起我妈妈的青春时代，她的那些小姐妹们。那些花儿，开在遥远的春天，有的结了果，有的成了泥。小苗阿姨和徐亮阿姨，是其中摇曳的两朵，她们的道路，跟妈的不同。各有各的美丽，各有各的哀伤。

特以此章，纪念那些花儿。纪念我妈妈的青春时光。

C'est la vie

人生像一个杯子，

里面盛着什么，只有自己亲自尝一尝，

才有结论。

Ⅲ

美酒加咖啡

人强命不强

耀武伯伯的继父是我爸的堂叔，算是遥远的亲眷。耀武伯伯是遗腹子，上面还有两个姐姐。母亲带着他们改嫁到刘家，两个姐姐常常被人叫拖油瓶，他为了姐姐常跟人打架。个子小够不着，但气势不输，跳着跳着去打对方的面门。

他和爸很要好，两家日子都不好过，别人上学时带着白面馍馍，他们俩拿着掺了野菜的黑面馍，有时候咸菜里有油，两个人都要庆贺一番。

爷爷在家养了鸽子，过年的时候会杀两只炖汤。鸽子本来体积就小，姑妈又剁得仔细，汤里加了白菜、土豆、生姜。吃饭时一定要看准，一筷子下去捞上来是肉，心里欢喜；一筷子下去没看好，捞上来是一截葱，得懊丧半天，下手晚了就啥都没有了。

有一年过年，爸正垂头丧气地收拾碗筷，耀武伯伯来找他，拉他去河边，递给他一块蓼花糖，说是年前有人给他妈送的，他妈今天打开柜子给了他一块，他想跟爸一起吃。他说，你知道不，这是慈禧太后吃过的点心。

爸说上面全是芝麻，咬开酥甜酥甜的，感动得眼泪都要下来了，把早上没吃到肉的遗憾都成功盖过了。

耀武伯伯跟爸说，等咱将来有钱了，天天吃这个蓼花糖，你爱吃鸽子，天天炖一个，咱专吃鸽子腿儿。

长大以后爸进了厂，当了喷漆工；耀武伯伯也招工进了厂，但是分配到了离家较远的水源地。水源地在北塬，晚上也要值班，他没法回家。那时候继父也过身了，姐姐们都出嫁了，他妈在家，没人照顾。家里人一合计，给他娶了个媳妇。

他在外面上班，媳妇留在村里，种地、养鸡、照顾婆婆，转年生了儿子，过了两年，又得了闺女。媳妇长得浓眉大眼，头发乌黑，很像《天云山传奇》里的王馥荔，不仅长得好，媳妇还很勤俭，靠着他一个人的工资，把一家人拾掇得体体面面。他放假回来的时候帮着媳妇干干农活，平时地上有重活计，爸和二叔也会去搭把手。

日子过着过着，忽然起了波澜。他常年在外边上班，白天不在家。邻居欺负他媳妇是妇道人家，盖房的时候把院墙往外移了一尺，占了他家的宅基地。媳妇发现了不依，找对方理论，隔着院墙嚷了几句，两家的婆娘就打到了一处。对方人多，把他媳妇挠了。他得到消息回来和对方理论，一言不合，各自抄家伙战在一处。两家都有亲戚，各自参战，谁也没落下好，吵骂中都说了些不入耳的话。本来已经罢斗了，邻居又撂下一句“外头来的野种，凭啥占我老刘家的地”，他没捺住火性，抡起锄头砸了对方的头，送到医院缝了几针，医药费前前后后填补了上万块钱。可是在村里活，宁可赔钱，不能塌了脸面，他觉得值。

邻居出了院，说有脑震荡后遗症，拿不了锄，提不起锨，跟他要营养费、误工费、精神损失费，谈不拢，要到法院告他。邻居媳妇娘家人里有个兄弟，在厂里当官，是主管宣传的大领导。听说家里出了这个事非常重视，就把家人叫来晓以大义，说邻里之间要文明谦让，不能斤斤计较。当着来采访的厂报记者，为表示既往不咎，还特地问了耀武伯伯，你有啥具体的困难没？耀武伯伯就说，他上班的地方离家太远，没法照顾家小，看能不能调回厂子来。

领导说这个事也确实应该考虑，我们研究一下。一记锄头成了契机，耀武伯伯调回了军工厂。他干活麻利，心思沉稳，很快成了业务骨干，青工比武总是能捧回一大堆奖状。开始绩效工资之后，他的收入比别的工人高出一大截。家里日子宽裕了，媳妇终于吃上了商品粮，全家也搬到了厂区家属楼。他妈辛苦了一辈子，住上了楼房，过上了电灯电话的现代化生活，浑身不得劲，一个人搬回了乡下老房子，说出门就踩着地，心里头才踏实。

他怎么劝，老人也不回来，他只好下了班先回老宅，看一眼他妈，伺候老太太吃了晚饭，再骑着自行车回自己家。老婆把菜热了又热，等他回来，心里就不太舒服。他隐隐约约地担心是不是他不在家的时候，老婆怠慢了他妈，所以语气也不太好。两个人搬到城里，日日相对，反而生出嫌隙来。他拿着酒来找爸，说心里边委屈，这半辈子为了老娘，为了老婆孩子，辛辛苦苦地干活，兢兢业业地做人，就怕别人戳着脊梁骨说他一句半句闲话，他比任何人都在意自己的好名声。他自问也做得不差，现在老娘不听劝，搬回乡下，他姐姐已经不满意了，说他和媳妇不容人，自顾自地过小日子，把老妈妈抛下了。

他拉着爸的手说，那是我一块儿长到大的亲姐姐呀，一块儿受过多少气，受过多少白眼，别人不知道，你还不知道吗？现在她指着我的鼻子说我不孝顺，说我把我妈逼走了，你说我冤不冤。那天喝多了，媳妇来接他，他一把推开媳妇，说我今天不回去了，在我兄弟这睡。这世上只有我兄弟知道我的苦处。

他气媳妇，气老娘，气姐姐，气乡邻。肝火郁结，胆囊炎发作进了医院。病刚好，老娘在乡下又得了风寒。老屋里取暖不好，老太太中了点碳气，病越来越严重，送到医院不久，去世了。丧礼上，同母异父的弟弟说了些意气用事的话，戳到了他的心窝子。他哭得声嘶力竭，跟爸说，咱们爹妈这一辈，为了填饱肚子啥苦都受了，到了咱们，好容易有吃有喝了，可活个人，咋就这么难。

儿子慢慢长大了，上了技校，进了厂，和他在一个车间。他老是嫌儿子干活不细致，毛毛躁躁，手把手地教，手把手地抠，儿子比他矮半头，瘦一圈儿。他老说是小时候心眼太多了，把个子给坠住了，长大了该用心眼了吧，心眼又被灰给堵住了。

儿子尽管被他嫌弃，在别人眼里还是招人喜欢的。进了厂不久就处了个对象，是他的死对头，我爸他师傅的小闺女。他大怒，给了儿子一个窝心脚，说，你是不是诚心给你爸下脸添堵，你不知道李老西是我仇人哪！

李师傅是山西人，比爸大一些，对爸一向很好，因为妻小都在山西老家，常年自己生活，非常会做饭，红烧羊头、黄焖鸡……都是他教我妈做的。我印象里李师傅是个挺有趣的人，我想不通耀武伯伯为啥那么烦他。爸说也是个误会。有回大家在一块儿喝酒喝多了，行令时李师傅乱令了。耀武伯伯耿直，非要让他认输罚酒，李师傅怒了，说你性子太硬，怪道把你爸给克死了。

耀武伯伯一辈子最大的恨事就是没见过亲爹，没有爹，自己和姐姐受了很多欺负。听了这话，他就炸毛了，跟李师傅一顿打。李师傅酒醒了以后还是嘴硬，说，我又没有说错。大家劝他说，你辈分高，你跟他递一句软话，他肯定能给你这个面子，以后还是好同事。李师傅听了劝，拿着烟卷去车间找耀武伯伯，谁承想耀武倔劲上来，把烟直接给扔到地上去了。李师傅折了脸面，回来埋怨爸说，你们村一村都是倔驴，没见过这么难说话的。仇算是结下了。两个人以后迎面撞见，也不说话。

爸说不是冤家不聚头，看这两个好面子的家伙怎么了结宿怨吧，看谁在儿女面前先低头吧。

李师傅那时候已经退休了，回了山西老家。儿子在当地工作，也早已经成了亲，他在家下棋看孙子，日子过得优哉，唯一悬心的就是女儿的婚事。闺女恋爱的对象居然是刘耀武的儿子，这让他也很闹心。

两家父母都反对，“朱丽叶”很坚决，寻死觅活地要跟小刘好，“罗密欧”慑于父威，不敢公开表示反抗，但在沉默中以绝食明志。小刘的妈妈率先崩溃，说你爱跟谁结跟谁结，只要你肯吃饭你娶个倭瓜我都没意见。闹了个把月，老的们终于让步，握手言和。

婚宴上，爸非常感慨，能收服父亲倨傲自尊心的，大概也只有小儿女的痴缠吧。

小刘和小李结了婚，生了儿子。耀武伯伯非常高兴，和亲家碰面时还是会掐架，下棋下到一半，总有一个人一掀桌子就走，但是只要孙子在旁边，两个老头就会怒气全消，笑出一脸的祥和。

耀武伯伯年轻的时候一直想要台摩托车，家累也重，一直没舍得买。后来儿子媳妇孝顺他，买了一辆摩托车送给她，他骑着摩托去给孙子买奶粉，路过加油站，躲一辆拉土车，结果撞上了柱子，人送到医院后没抢救过来。

正是刚刚要过上好日子的时候，他的人生就戛然而止了。他一辈子要强，死的时候也才五十来岁。送到殡仪馆，他老婆说知道他一生节俭，冬天连面霜都不舍得用，常年搽一点蛤蜊油，但是他重视脸面，走的时候也不能太难看，请化妆师一定要把他化漂亮点，花多少钱都没有关系。儿子给他买的新西装，也一块儿烧了。

李师傅在葬礼上哭得特别伤心，说早知道就不和他斗气了。本来觉得跟他斗嘴的日子还长着呢，前阵子还发愁跟这头倔驴怎么处啊，现在人“咣当”一下就没了。

那天，他们的发小姜叔叔也特别难过，他儿子又吹了一个对象。他说再怎么着，耀武还抱上孙子，看到娃成家了。我不知道我闭眼的时候，能不能等到那一天。

耀武伯伯名字叫耀武，一辈子刚强爱面子，可是在命运面前，谁又能耀武扬威呢？

美酒加咖啡

裴叔叔叫裴云龙，取御雨乘风见云化龙的意思。据说是他当村会计的舅父给取的名字。名字气派，命途却不济。家里孩子多，他是老大，爹又去世得早，他要奉养母亲拉扯妹妹们，吃了很多苦头。

受家里拖累，成年后找对象颇费周折。眼看年纪老大，周围的朋友们也跟着着急，纷纷充当红娘，给他牵线。妈曾经把自己的伴娘周西芹介绍给他，两个人还处了一阵子朋友。周阿姨个子玲珑，一张快活的圆脸蛋儿。两个人见面以后，聊得热火朝天。大家都暗暗鼓掌，这事成了。谁承想约会了几次，他耷拉着脸来找爸，说跟小周的事啊，黄了。

周阿姨说，我家里也不是富贵人家，我不是嫌小裴家穷，关键是他这个人呐，喝了酒就完全没有把门的，满嘴跑火车，感觉不像过日子的人。裴叔叔受了打击，喝了一壶酒，哭了一场，说不找了，不找了，上五台山找方丈去，还能跟杨五郎学个八卦棍，把所有妖魔鬼怪一一扫光。

酒醒了以后，继续奋斗。车间的杨师傅给他介绍了自己的妻妹，说姑娘是师范专科毕业，在幼儿园当老师，长相斯文，脾气柔顺，样样都好，就是人不在当地。

裴叔叔听得正向往呢，一听人不在当地，泄气了，说那你不是画个饼骗我呢吗！人在西王母那儿当差呢，还是在国外工作呢？杨师傅拿起饭盒敲他一下，说，不远，在洛阳呢！

姑娘父母就在本地，她家有个叔叔在洛阳工作，毕业以后叔叔帮着联系了工作，家里觉得洛阳也是个大地方，又能看牡丹，挺好。最近，杨师傅的丈母娘想闺女了，觉着娃离得太远了，还是在眼跟前比较好，想让她嫁回来。杨师傅说，这不是个好事吗！

正是四五月，裴叔叔一听就乐了，拉着姜叔叔和爸要一块去洛阳相对象，说对象相不成，咱也顺便赏个花吗？那时候外公正好住院，舅舅正筹备婚礼，爸忙得焦头烂额，就跟他说，祝你成功，让姜叔叔一个人陪他去了，洛阳之行圆满成功。裴叔叔在牡丹花丛中照了相，喜眉笑眼得比花还生动。他对姑娘一见钟情，雀跃地说，这可不是千里姻缘一线牵吗！

浪漫之后面临着现实问题，女方调不过来，他也不能舍了工作去洛阳，两个人开始异地恋。假日里，他欢欢喜喜坐着火车去看女朋友，回来后想到未来就没精打采几天，终于还是结了婚，两地分居着。等到老婆舍弃了幼儿园的工作，调进厂里当保管工，已经是四五年以后的事了。

裴叔叔非常爱老婆，常常深情地赞美我们家小方有最漂亮的眼睛。客观地讲，方阿姨是高度近视，眼睛虽然大，但没神。虽然对妻子这样仰慕，可是到底也没做到相敬如宾。他喜欢喝酒，性格实诚，逢饮必醉，喝了酒难免误事，醉后多言，招惹是非。

老婆规劝，他不听。说得多了，他就恼了。方阿姨也是倔脾气，死谏不止，他就涨红了脸，青筋暴跳地说，给我闭嘴啊。方阿姨梗着脖子挑衅说，你还想打人啊，你打我呀，你打我呀，你有本事就打我呀。

他盛怒之下，下手没有轻重，一拳下去，老婆脸上登时乌青一片。老婆大哭叫骂，不依不饶，两个人就厮打在一处。我小时候去他们家玩，看到这一幕，只能赶紧拉起他儿子，飞跑回我们家，跟爸妈说裴叔叔家又打架了。爸和妈就穿上鞋，着急忙慌地跑过去劝架。

那时候，居委会管得细致，旧楼房隔音也不好，隔壁或楼上的争吵声基本上是声声入耳。大家屏息听一会儿，要是事态没有恶化，就按兵不动。要是听见了杯盘破碎，大人厮打，孩子哭，邻居们就暗叫一声，不好，闹大了，破门而入，把两口子拉开，隔离在两个屋子里。居委会里说话有分量的大妈就得出马了，众人七嘴八舌劝慰，两个当事人恨意难平，隔着墙还互相喝骂。

劝得差不多了，大家就散了。爸会把裴叔叔拉到我们家去，批评教育，留下妈安慰方阿姨，大多数时候两个人也就和好了。有时候吵得凶，疙瘩结得紧，说着说着又吵起来了，裴叔叔要是酒劲上头，就会犯浑，说，打电话叫你爸，把你领回去。方阿姨也老实，就会下楼去公用电话亭，给她爸打电话，丈人就会吊着脸上门，把女儿接走。隔天他姐夫杨师傅就会上门来，挥起老拳给他一顿闷捶。

后来他丈人过世了，这句口头语变成了“去找你舅舅，把你领回去”。方阿姨实心眼，依言打电话召舅舅来。等酒醒了，媳妇也不见了，只好跑来找爸，再一起去娘家央告老婆回来。

欢喜冤家过了二十几年，他们表达爱意的方式就是冲突不断。每个月都会叫嚷着过不下去了，要跟你离婚，同时又会一起算计着下个月给家里添点啥好。日子热热闹闹地过着，除了碗碟的不断更新补充，娘舅要常常跟着跑腿，陪着生气。大家都说裴叔叔要是不喝酒，那就基本上没有什么家庭矛盾了，可是他要是不喝酒，大家又会少很多乐趣，所以也没人认真监督他戒酒。先头日子那么苦，后来生活那么忙乱，还有什么比老酒更能慰藉人的，还有什么比微醺更能带人从现实中逃逸的。

和很多爱酒的人一样，裴叔叔酒量很差，但是酒品甚佳，根本不用人劝，自己监督自己，一轮都不落空，常常是我三杯，你随意。喝了酒以后必然多话，常常发愿他要去新疆种向日葵，发财以后给大家一人盖一间别墅。蒙他看得起，总是给爸分配最大的一套。姜叔叔从党校读完研究生，改了名字之后，他又添了一个话题，就是鼓动姜叔叔换老婆。

喝多了，他还喜欢唱歌，要监督你录下来，看着你把录音带放进录音机里头，摁下录音键，他才开始唱，唱完了，监督你把录音放一遍，确保你把他的演唱做了完整收录。有一回在我们家，没有空白带了，他非要爸把邓丽君的磁带洗了，录他的歌。他说，反正我也要唱《美酒加咖啡》吗，我跟你说我唱得不比邓丽君差，我要美酒加咖啡，我一杯再一杯。

隔天醒了，他来听录音，高兴地说，啊呀，唱得真好。这得亏是喝了酒，不喝酒完全唱不出这么好。

听完了歌，他就开始琢磨，说美酒喝过，下回一定要喝个咖啡，看到底是啥味道。兴致一起，周日他拉着爸，带着我和他儿子，一起去西安逛兴庆公园。在莲花池旁边照完了相片，他兴冲冲地去小卖部打看，一看人家写着茶座供应咖啡，来了精神，非要坐下来尝一尝。爸说咱老老实实给娃喝一碗藕粉就行了，浪费那个钱干啥！

他不同意，摇摇头说，人生在世啥都要尝一尝吗，都像你这样，商业还搞不搞了，经济生活都不存在了。他坚持要了两杯咖啡，两碗藕粉。我记得咖啡7块钱一杯，大概是1982年吧，7块钱不是小数目呢。咖啡端过来，装在一个大个的玻璃杯里，我还是挺激动的，杯子里的液体看起来黑乎乎的，颜色类似锅底。尝了一下，口感桀骜。

我们捧着咖啡，吹着小风，内心非常复杂。这个就是阔太太贵小姐们在洋伞下边端着嘬一口嘬一口的东西？裴叔叔很开心，说，这个玩意加到葡萄酒里头，可不怎么乐观，写歌的人心真大。写这么个歌儿，保准也是喝醉了干的事。

在一段时期内，裴叔叔是爸最亲密的友人。春茂爷爷升了段长，和大家渐行渐远，姜叔叔在党校进修，和爸常常来往的就是红脸膛的裴叔叔。

上了六年级，我们又搬了一次家，裴叔叔跟我们一前一后，也搬来了这个小区。住得近了，他几乎每两天来我们家报到一次，拉着爸出去转悠。爸是好静不好动的人，那时候也已经转岗做了质检员，倒夜班的时候就想在家休息休息。裴叔叔好动也不爱独处，非要拱着爸一块出门，爸实在不想去，就拿出棋盘，两个人在家下象棋。下累了，泡壶茶闲聊。有时他来找爸，逛家具店，或是看展览，爸说你自己去吧。他就会像小孩子一样，扯住爸的衣服说，走吧走吧，知道你的房子是掏钱买的，也不用这样二十四小时蹲在里头住个扎实。

朋友里边，没有谁比他更爱热闹更喜欢凑场面的。不是很熟的人结婚，他也会封个红包去祝贺；哪个熟人有事，他都会出钱出力地帮着张罗；喝了酒以后，尤其豪迈，拍着胸脯跟人家许愿，醒了以后咬着牙也要践约。方阿姨说，你也没有宋江的身家呀，老往外头布施，咱自己的日子还过不过。

他有好几个妹子，都嫁给了附近的庄户人，早年间盖房子，养孩子，手头紧巴，都是他扶持着，后来妹妹们日子也都有了起色，二妹妹家承包了桃园，辛苦照管，总算收成不错。

他生性疏落，常常招呼同事朋友去妹夫家的桃园摘桃，大剌剌挥手让妹妹端上四凉四热八碟菜，老酒也烫一壶，友好招待，全然不顾家人的情绪。爸在其间就非常为难，不去，拂了他的面子；去吧，又给人家添麻烦。只好临走时留下一点钱，当作买桃子的货款。裴叔叔看见就大怒，追出好远说，你这不是瞧不起人吗，咱俩谁跟谁，吃几个桃还要钱，你是羞臊我吗？妹夫也只好苦笑着帮腔，说，哥可别给钱，万万不能收，这成了啥了。

裴叔叔身体一直很好，大家都觉得他能活大年纪。我毕业那一年，闷在家里写论文。

春节前，他还来我们家，带着一箱草莓，兴冲冲地跟爸说，过完年咱去云南玩一趟吧。爸说，过完年再说吧，你年货准备得咋样了。他说，春联都请我舅舅写了，今天刚贴上。临走的时候，他还跟我挤挤眼，说，刘教授，明年再见咯。

到了年初七，爸接到个电话，匆匆出门，回来时脸色铁青，我问同去的妈，发生什么事了。妈说你裴叔叔不在了，他在睡梦中猝然离世，医生说是心梗。我爸受了极大的震撼，送走奶奶之后，他已经很久没有体会过生命的脆弱了。

一个这样热爱世界并以全部热忱拥抱生活的人，遽然间消逝，留下的空洞让人彷徨和惊愕。裴叔叔不在后，我们家的客厅寂寞了很多，对于爸来说，生命又一次显露了它的无常。

裴叔叔最喜欢爸，几乎什么事情都会告诉爸。他总是说爸像一个保险箱，东西放进去，就拿不出来了。

裴叔叔走了，爸的眼神非常寂寥，他揣着老友的秘密，在思念中、在沉默中独个咀嚼。后来有一段时间，爸开始关注“养生保健”的话题，把各种健康小提示剪下来，压在玻璃板底下，他开始喜欢吃红薯、粗粮，拒绝肥肉和油炸，我想他在担心，感受到了无常中死亡的威胁。

我常常想起裴叔叔，他的那首《美酒加咖啡》。很多人说过，人生像一个杯子，里面盛着什么，只有亲自尝一尝，才有结论。

裴叔叔是个勇敢活泼的人，一生都保持跃跃欲试的姿态，也许躺在床上，身上插满管子，不是他期待的终场，就这样在睡梦中戛然而止，其实是一种不错的安排。托他的福，我喝到了人生中第一杯咖啡，不美味，也不地道，欲说还休，一言难尽。大概这就是生活的滋味吧。

现在，我端起咖啡杯，常常还会想起他的脸，兴高采烈的，说人生就是要什么都试一试。

我很怀念他，也感谢他那些年里，热情洋溢的陪伴。他带给我爸的友谊，会是我爸暗色一生里异常温暖的回忆。

如意珠儿

手未操

我们家搬到大院以后，爸的同学姜叔叔和裴叔叔常常来串门。姜叔叔名叫姜顺利，是我爸的中学同学。两家是邻村，住得不远，上班以后也一直交好，爸结婚的时候，他做了爸的伴郎，后来他娶了爸的远房表妹，也算是遥远的亲戚加亲密的友人。

姜叔叔面如冠玉，风度儒雅，风度谦和。我们家本来和裴叔叔不熟，因为是姜叔叔的邻居，才有了交往。裴叔叔跟爸非常投缘，爸和他的亲厚程度几乎超越了姜叔叔。他长着红脸膛，微微有点斗鸡眼，讲话又快又急，笑起来上气不接下气。第一次见面，自我介绍说他姓裴。我说，啊，《火烧裴元庆》的裴。他说，小丫头懂得还挺多。裴元庆是白脸，我是红脸啊。我问他是火烧之后的裴元庆吗？他看着爸说，老刘，你姑娘真逗。

姜叔叔比较讷言，总是笑眯眯的，不说话。相亲的时候，他也是眼观鼻、口观心地正襟危坐，脸上挂点笑，但是不开口。姑娘着急了，说，我是看上你了，你心里到底愿意不愿意和我好吗?！介绍人被吓了一跳，跟他说，难得人家姑娘条件这么好，还这么爱你，你赶紧应承下来吧。他就开始和孙阿姨谈恋爱，那时候孙阿姨在医院后勤处上班，算是个科员，论家世、论工作都比他好。

他岳丈是革命军人，妻子的大伯在西安城里工作，一家子政治觉悟都很高。他第一次去拜见岳母的时候，老太太就问他你是党员不？姜叔叔虽然在车间干活，但是在未婚妻的要求下坚持读书看报，后来在岳丈的影响下，一步一步走上了进步之路，写了入党申请书，报考了电大，拿了文凭之后，从生产一线调动工作到了厂工会，又去党校进修了研究生，回来就由科长提了副处，最后当了处长，事业上春风得意。当了科长以后，要印名片，他就改了名字，从“顺利”变成了“立川”，取“子在川上曰，逝者如斯夫”的意思。

裴叔叔挺瞧不上这种力争上游的气质，说，本来叫顺利，一切也顺利着呢，叫了几十年了，改成立川。你不如翻翻你家族谱，看能跟姜子牙攀上亲不，干脆把你那个名儿添到封神榜上算了。姜叔叔在单位里训话也是挺有威仪的，见了老友也只是笑笑，随便他揶揄。

孙阿姨的爸爸行伍出身，退休前在渭南法院当领导，生性节俭。70 多岁了还骑着自行车，随身带个军水壶，灌一壶凉水，骑累了路上咕噜咕噜喝一口，花两小时从老家到法院去领退休金。到了单位，领了钱再灌一瓶凉水，往回骑。

儿子问他为啥要省着几块车钱受这么大累，万一路上有个好歹的划不来吗。他说。不省咋行，你当你是咋养活大的。儿子说，那你不要跑了，我开车去给你捎回来不就得了。老头说，哼，指望你捎回来，那就只剩个信封了。

他不讲究吃穿，常年穿着老太太做的布鞋，衣服上补丁也显眼。退休以后去接孙子，孙子从幼儿园出来，躲在树后不见他。送孙子的时候，孙子说，爷爷你先走，我在后头跟着就行。问娃咋想的，孙子坦露思想说，爷爷穿得太丢人了，在女同学面前没法见人呢。老爷子大怒，说我革命了一辈子，怎么到老生出你这么个资产阶级思想严重的孙子。

孙阿姨在这样的家庭长大，自然承继家风，节俭异常。姜叔叔当了处长以后应酬繁忙，他们家的客人常常是一拨接着一拨。上一拨客人走了，她把三杯茶水折箩在一个杯子里，咕嘟咕嘟喝下去，说龙井不能浪费。

裴叔叔顽皮，在自己的杯子里扔了根牙签，说，你喝喝看。

从恋爱时开始，孙阿姨对姜叔叔就非常倾心，后来姜叔叔完成由工人到干部的蜕变，孙阿姨作为幕后推手和亲密爱人，自豪感和成就感自不必说，每每望向丈夫，半是欣慰半是仰慕。日子久了，又生出些戒备和紧张。

裴叔叔喝多了以后老是胡说八道，常常撺掇姜处长把原配更换一下，说，你现在公事包拿着，大哥大握着，大背头也梳上了，一站出来一堆小姑娘跟着喊处长长处长短，你不觉得人生美中不足，有个莫大遗憾吗？大家赶忙拿酒杯让他多喝酒少说话。他说，说完这句逆耳的忠言，我再喝，喝死也不要紧。顺利啊，你名字都改了，何妨不把老婆也换一换吗？

姜叔叔涵养非常好，笑眯眯的，不露愠色，看着老友胡闹。孙阿姨气得要命，拎着酒瓶就想泼裴叔叔一脸，还没等泼，裴叔叔自己倒在桌子上，醉得不省人事。等醒了，他全不认账，说，我咋能说这么不负责任的话吗，肯定是老姜自己心思活动了，找我当替罪羊呢。说者或许无心，听者难免有意。孙阿姨把这些话原封不动地听进去了，她觉得弄不好，老裴就一语成谶，她辛辛苦苦施肥松土，花了功夫赔了心血栽出棵桃树来，结果桃子被别人摘走了。

丈夫一直在进步，越来越年轻，自己的危机感越来越严重。他这么英俊有为，手下一堆活泼可爱的女下属，孙阿姨每天闲坐时脑补出无数旖旎画面，火冒三丈。她跟妈说，我觉得小姜外头有人了。妈说，你不要冤枉好人，顺利是个老实人，绝不会做陈世美。

转年，姜叔叔过生日，有人给家里送来一个花篮，写着：领导，花朵代表我们对你的爱。

姜叔叔挺高兴的，说同事还挺有心的。孙阿姨生气了，说，你们单位一百多号人，我不信个个这么有心，我倒要把这个有心人给找出来，我看看她是人是鬼，是一片好心还是别有用心。姜叔叔跟她解释，这是个复数——我们。

孙阿姨说，那也一定有特定的那个她，是不是小张，是不是小赵，是不是新来的那个跳国标舞的小左。姜叔叔说不过她，躲去加班。她自己在家越想越生气，第二天捧着花去姜叔叔单位，一通搅闹，说谁干的！出来自首！会计去劝她，被她撞了个乌眼青；司机上楼来，看见这场面，说，我送的花，阿姨你怎么又拿回来了。姜叔叔是最要脸面的人，看到员工们同情兼诧异的眼神，自尊心严重受挫，愤而离家。开始在办公室扎营。

孙阿姨着了急，找爸去说项[1]。爸去看姜叔叔，姜叔叔看到爸，眼泪都快下来了，他说自己是性格被动的人，被追得急了就结了婚，被赶着向上就努力向上走，细细一想，两个人是有很多不合适的地方。也确实是有人同情他婚姻中的苦闷，化同情为解救的动力，追求他，但是他真的没做危害婚姻的事情。他现在觉得这样苦苦压抑，有什么价值？反正对方都认准了他是道德败坏。

爸跟他说，咱们都知道彼此的来处，你当年还在钣金厂做工人的时候，小孙跟你好了。你读电大的时候，小孙没让你烧过一回水，洗过一次锅。你脱产去学校读书的时候，小孙在家看孩子做家务，没因为家里的事耽误过你一堂课，一路上小孙都在后面支持你。她性格是有鲁莽的地方，但是对你，是一心一意的。你富而易妻，不仅仅丢了结发的情分，连这一茬朋友都失去了。

裴叔叔也来劝他，说，我以往是喝多了胡说，你要是真这么

---

① 说项，指替人说话或说情。

干了，那不是把我扔到火坑里去了吗，我是不大爱见你媳妇，可是你要做了背信弃义的事，那咱以后也不要再见面了。

姜处长思忖再三，搬回了家。孙阿姨从此对爸感激莫名，一口一个表哥叫得亲切。再见了裴叔叔，两个人也友好不少。爸妈有时聊天说起姜叔叔的婚姻，客观上讲，姜处长是委屈，但是谁的日子不是缝缝补补的，谁的欢乐不是千疮百孔呢。

姜叔叔只有一个儿子，自然着意栽培，抱持很大希望，但是儿子成绩不好，酷爱电玩，常常偷了家里的钱去打电动，被抓回来禁足几天，又故态复萌；找了补习老师来帮他补英文，他拉着补习老师讲胶州话和朔州话有甚区别；高考不理想上了大专，在学校里头认识了女朋友，自作主张休了学，要一块儿去女方老家创业，准备卖猪饲料。父母气得脑仁疼，当下棒打鸳鸯，把他从火车站抓回来。他在车上瞪着我爸说，我以为叔叔你是个开明的人，我还以为咱俩能说到一块儿，没想到你也是我爸妈的爪牙。我爸作为“爪牙”，带着使命跟他聊了一宿，他说爱情是反抗的手段，不是目的，其实他也没有十足的信心，要和那个女孩共度一生。

姜叔叔受了打击，跟爸说烂泥扶不上墙。爸劝他振作些，没准儿子在外头受点风霜就成长了呢。姜叔叔开始筹划，听了若干留学讲座，送儿子去澳洲念书。机票贵，也不能常去探望，跟他说念完书再回来不要分心。结果有一天发现儿子跟表哥在QQ上聊得欢实，原来人在广州，见网友去了。爹妈一看，心又灰了一半。奔到广州，小姜见了爹妈非常轻松，说也不用折腾了，本来留学就是为了找工作吗，他已经跟网友商量好了，在那个女孩哥哥的公司打工，本来他也不喜欢商科，现在刚好当个网管，不是挺好。

姜叔叔后来跟我爸妈说儿子相中的那个姑娘，有着欲说还休的长相，只能说情人眼里出西施吧。好说歹说，小姜终于同意回澳洲把学位先念出来，再回来跟广州姑娘团聚。学总算上完了。问他感受如何，他说室友是个新加坡人，哎呀，天天看新加坡电视剧，除了郑惠玉，新加坡没有一个能看的女明星；问他澳洲怎么样，他说龙虾个大，其他没啥。年轻人的爱情总是来得迅疾去得突然。他自己宣布跟羊城女友已经分手了，准备在离家近的地方找个工作。

学校太冷门，工作不好找，最后只好回到父母身边，找熟人给他安排了一个工作。上班之后，家里就盼着他谈恋爱、成家、生孩子，结果最没想到的波折来了。他迟迟也找不到合适的女友。谈了一个都订婚了，吵了一架又黄了，那时婚房都装好了，姜叔叔急得头发都白了一半。

再谈一个，他妈又没看上，说这个比原来那个差远了，人家在门缝里都把你取笑了。家里给他推荐的，他不爱；他自己追求回来的，家里又意见颇多。姜处长德高望重又风度翩翩，手下结婚的时候常常去致辞，致辞致到一半，看看鲜花丛中的新人，想起自己家的儿子，一股辛酸兜上来，连打好的发言稿都看不清了。

蹉跎了几年，周围的同龄人都送孩子去幼儿园了，小姜终于领回个姑娘，说，就是她了。姑娘腼腆秀气，合家喜出望外。孙阿姨很高兴，说，啊呀，兜底捞了个好的。儿子结了婚，姜叔叔在婚礼上几度哽咽，婚宴上喝多了，在台上唱了一首《红梅赞》。

词倒都对，调跑到《牡丹之歌》去了。

爸常常心疼他的好友，说你叔这一生也可怜。前半生名字叫顺利，工作的事情还是挺顺利，后半生改名叫立川，唉，立在川上，也只剩下一声叹息了。

我想想，戏文上说得对，非是我苦苦寻烦恼，人这一生被拨弄，遗憾，善感，皆因如意珠儿手未操啊。

鸿福堂舅的鸿福

鸿福堂舅喊我外公二舅，他母亲是我妈的二姨。他是家里比较早做生意的，在我妈的一众亲戚里，算是头脑活泛，手段玲珑。起初卖笼屉，后来卖猪饲料，其间还卖过一阵玻璃丝袜脚蹬裤。

他从小成绩不佳，去参军又被验出扁平足，务农实在没有耐心，就批发点小商品四里八乡串着叫买，又看了风景，又挣了嚼谷。干了两年，家里给他娶了亲，堂舅妈高大俊美，有口皆碑，不仅模样出众，为人还非常贤惠，把公公婆婆伺候得很好。我妈的二姨幼年裹脚，下不了地，一辈子盘在火炕上做针凿，唯一的梦想就是儿子顶门立户，孙子在眼前啃麻花翻跟斗。娶了这样称心如意的媳妇，老太太打心里高兴。拉着我外婆说，蕙，这娃好，我做梦都没想到，鸿福还有这福气呢。外婆说名字叫鸿福，不能白叫，就是有福。

夫妻俩年少相得，鸿福舅父颇在家安生了两年，跟着媳妇一道下地，帮着撒种、扶犁。回家了，媳妇在灶间擀面，他也给拾柴拢火，小日子过得挺好。等到儿子落地，一家人满腹心思、一腔热望都扑在大胖小子身上，他前院后院转了几圈，妈和媳妇都不大搭理他，他静极思动，发愿开了个买卖——做蒸笼。

关中人爱吃大蒸馍，笼屉家家户户必备。他早年做货郎也有点积蓄，老娘又拿出体己银钱，他开了作坊，招募了几个巧手的匠人和附近的媳妇婆子，生意颇为红火。老婆在家照顾孩子，做农活。一个主内，一个主外，光景比同龄人领先一大截。

太平日子过了几年，他心思又活络了，一来二去的，跟作坊里一个孀居的媳妇好上了。这媳妇嘴不严，人前露了首尾，作坊里有人告诉了后院姑姥姥。姑姥姥大怒，坐在炕上动不了身，把儿子叫过来，抡着扫炕的笤帚疙瘩把他揍了一顿。他也不辩驳，任凭老娘发落。姑姥姥把外公请去，耳提面命地立规矩，外公苦口婆心劝了半天，他也满面羞惭跟自己媳妇求饶，媳妇说只要他改了，看在婆婆舅舅和三个儿子面上，日子还是照过。抹了眼泪扶起他，媳妇到厨房烫了一壶酒，切了两盘菜，招呼外公吃饭。外公觉得迷途知返这也好着呢，谁家还没有个勺子碰碗的时候，觉得这事端已经平了，外公趁着酒意走回家，跟外婆说鸿福这娃不惜福，还好人家蕙这娃心大，能容人。

谁料半夜里，他竟然离家出走和那个媳妇私奔了。他这一跑，老太太徒唤奈何，妻子暗暗垂泪，灰了心。娘家一来没有男丁，二来也素养高，倒是没人找他麻烦。大家都接受了张家独苗是个混账二百五的事实。姑姥姥联想到大外公，抹干眼泪跟外公说，你看看这浪荡子，跟咱大哥是不是一模一样。

鸿福堂舅净身出户，开始下一轮自主创业，跟这个媳妇在县城像模像样地过起了日子。原配在家里继续照料翁姑，亲戚面前也半分不失脸面。大家都感叹鸿福这东西，良心真是喂狗了。外公作为舅父，更是羞惭得无以自处。大家更感到气闷的是，新人若是美艳风骚也就罢了，他的出走还算有其通俗合理性，但据见过的人说，远看不觉其美，近观还有点怪，只能解释为各花入各眼，爱情的魔力吧。虽然姑姥姥拿他没办法，妻子也安之若素，但是他的孩子渐渐长成，为母亲不忿，三个儿子联手去县城他的新住处，一通打砸，老三还特地留了长指甲，把媳妇挠了个稀烂。

鸿福舅父本还想摆个父威，被三个儿子兜头一顿暴打，派出所同志来了，说家事自己解决。儿子们出了一口恶气，凯旋。姑姥姥心疼儿子，碍于媳妇的面子，也不能发作，只说一句：该！晚上趁没人，拉住孙子问，老三，你没有往你爹要害的地方打吧？

儿子们这一搅闹，鸿福舅父和新人有了裂痕，未几分手，他有情有义，把这一坨做挂面的买卖全留给了相好，自己又一次净身出户。

这一回租了厂房印挂历。生意还没踏上正轨呢，他和造纸厂的一个女子又好上了。这女子是议定了婆家的，娘家听到风声，来了几个兄弟婆子，揪着挂历厂子里的人又打又闹，把陈冲、方舒的美人图撕了个稀巴烂。殃及池鱼，会计的鼻子也被打破了。一片狼藉中，女子毫无悔意，很坚决要退亲，跟着鸿福过一意孤行的混账日子，家人心灰意冷，撒手不管。女子和鸿福兴冲冲地去办证，到了民政局的窗口，鸿福想起来自己还没离婚呢，这下只好回去，硬着头皮找原配办手续。

乡间规矩，为公公送过终、披过麻、守过孝的媳妇，无故不能休弃。长辈一通鞋底加眼泪，鸿福舅父一言不发，抬起头只说得离。问他为啥冥顽不灵，他说，那个造纸厂的女子，有了身子。滔滔责难中，原配站起来，说，我跟你离婚，但是儿子们已经给你养大了，他们不出这个门，我还替你伺候妈，等妈过去了，我有三个儿子，自信就算有一个像你，侥幸还有两个中用的。你出了这门，妈认不认你，儿子认不认你，我都不插话。

姑姥姥流了眼泪，说，鸿福，你今天离了这个门，就当我没生过你个孽障。这以后，蕙就是我女儿。

鸿福舅父顶着大不韪的罪名，离了婚，和那个造纸厂的女子也没过到一块儿。那女子的未婚夫杀上来，说孩子是他的。一通纠缠，女子和他分了手。末了吐了实话，说对他是真的有情，可孩子确实是前头男友的。鸿福舅父吃了这个闷亏，人人都说活该。他受了情伤，好长一阵子顾不上捯饬，走在街道上垂头丧气，胡子拉碴。姑姥姥听说了心疼，故意在人前骂他，说，少跟我说他的事，就当他死了。妈遇到鸿福，拉他来家里喝茶，预备带他回来见外公，想让外公去跟姑姥姥说句话，让他回家团圆。他死活不去，摇着头说没脸见舅舅。

大家以为他该学个乖，好好过日子了。过了半年，他盘了个门面房开始卖服装，给我妈送了好几条当时最时髦的脚蹬裤。当然，个人生活方面也没闲着，又在临庄找了个寡妇儿，给人家孩子当上了继父。寡妇家的几个孩子上学、娶妻、盖房，都是他一手操办。姑姥姥拍着炕席说，简直是亏了人了，油蒙了心了，自己的娃扔在家里头，一年一年地不闻不问，给人家的儿子当牛做马，卖命拽车，简直是把先人的脸都丢到二拐里去了。

蕙舅妈还是一样，伺候婆婆，照顾生意，养鸡养猪，孩子也娶了亲，她也开始当婆婆。姑姥姥去世的时候，是她在跟前服侍，老太太是握着她的手咽气的。鸿福舅舅那时候死活联系不上，等回来时，老太太已经发丧了。他也哭，说，早知道妈不行了，他咋也不会去三峡参观的。他抹了眼泪说，欸，蕙在屋里，比我伺候得好得多呢。

姑姥姥过世，舅妈和三个儿子主事，操办了风光的葬礼，从县城请了秦腔班子，唱了三天大戏。大家都说姑姥姥虽然生了个逆子，淘了半辈子气，但是有个好媳妇，也算是扯平了。鸿福舅父来奔丧，带着他的新相好，还算是识相，到村口让她回去了，没有进门。

儿子们已经拿着锄头铁锹准备给他和姘头一个好看，被舅妈给劝住了，说你奶奶临死还是盼着他的，不能阻着你爸见你奶最后一面。

鸿福舅父见了姑姥姥的遗容，还是大哭了一场，然后像个客人一样去坐席了，还点了一出戏，让管弦乐队奏了两首歌曲。外公气得从席上早退，回到家里怒气不休，跟外婆大吼说，这个二货，还以为他来做客的呢，以后不要让他进门。

外婆劝外公说，鸿福跟这回这个，好了有七八年了，大概是定下来了，跟蕙走到这一步也不能再回头了。他要是结婚，好好过日子，你也不要过分给他脸色看了，毕竟娃也是几十岁的人了，都当了爷了。外公叹一口气，把烟锅里的烟灰磕出来，眯起眼睛，不出声。

逢年过节，鸿福舅舅还是会领着他的新夫人一块儿上门来，给舅舅提着白皮点心，白酒卷烟，外公一律不给好脸儿，媳妇也挺乖觉，问完二舅好，就到后厨去找外婆和舅妈，不上前屋来招眼。转年再来，身后的人换了，年轻是年轻，眉眼画得有点紫，瞧不成。听妈和舅舅说，鸿福表舅原先买的门面房被征用了，他发了一笔横财，大概乘着春风，又结识了新人吧。大家伙都议论，说这么些年看过来，最周正、最打眼还是蕙舅妈，他这一路寻芳，所遇的一蟹不如一蟹，这个审美也是谜一样。

外公过八十岁生日的时候，鸿福舅父专门从西大街买了外公喜欢吃的腊牛肉，提着西凤酒，还有新女友包的寿桃，欢欢喜喜地来给舅舅贺寿，是好日子，外公没有发火，也没有撵人。喝了几杯，鸿福舅舅开始吹牛，说他正和一个香港人谈生意，准备把琼锅糖打入东南亚市场，到时候公司一成立，妈就可以去当个销售经理，舅舅也可以去管个人事啥的。

大家都笑笑不说话，外公听他讲得天花乱坠，觉得不入耳，说了几句世道变了的话。鸿福舅舅反驳说，如今世事好了，所以像我这号脑子活的人，会越过越好呢。外公大怒，抡起他的卷烟点心说，我不要你的孝敬，你以后也不要登我的门。

鸿福舅舅说，欸，我爸我妈都不在咧，我只剩下你这一个舅，再不孝敬也没时间了。他还要说，被姨夫和舅舅赶了出去。外公耳背，没听见这末一句，不然又得抡拐给他一下。

他后来再没有结婚。手里总是有钱，日子过得散漫。他是有商业头脑，在经营买卖方面也能吃苦下力气的人，但是这一面很少有人提起，大家都被他的轻浮情事所困扰，很难给他贴个“乡间实业家”的烫金标签。

我少年时常见到他，骑着自行车，后面带着打扮妖艳的女友，远远看见我们，他就会挥动手臂，表情动作热情洋溢。在他喊出爸的名字之前，爸就会低下头，悄悄地挪走，留下妈表情尴尬地跟他和他的女伴寒暄。妈提起她这位堂哥，也总是带着三分不屑，两分不解，十二分的不以为然。

我觉得他的浮华世界，跟爸妈的人生观是有冲突的，道不同不相为谋，也正常。有次我问爸，他一生最羡慕谁。他说是我，我说除了我呢。他想了想，说，我们这一代人，没有谁是值得羡慕的，拎出来谁都有一肚子苦水。要说羡慕，你鸿福舅舅吧。我有点吃惊，再想想，也有道理。人总是会羡慕另一条道路，隔壁院子的草总是看起来更油绿更葱盈，鸿福舅父这样松弛又恣肆的人生，的确是爸比不上的。

外公去世之后，就很少能见到鸿福舅父了。他比妈大将近十岁，也是古稀暮年，不知道最近是否安好。前阵子妈跟我说她和爸散步的时候，看见鸿福舅父在拦出租车，旁边是个没打过照面的妇人，匆忙间打了个招呼，他说去车站，搭车去南门逛灯呀。“乡间的谢贤”，又换人了。

说起来，这是一个任性快乐的小镇“唐璜”，他提供了一个不一样的生活样本。我对一切任性的人，其实都有些天然的好感，有勇气把日子过得和别人不一样，有勇气偏离人人叫好的道路。我觉得把自由看得比责任重要，把选择权全盘交给自己的人，是个挺有趣的人。我妈说，啥有趣，就是个败家子。爸就会加一句，嗯，你们家的门风吗。

C ' e s t l a v i e

我们都好好过吧。

Ⅳ

这些　那些

表哥

柳絮姨妈在村里的小学当民办教师，有人给介绍了在部队里当兵的姨夫。姨夫相貌堂堂，双目炯炯，穿着军装非常帅气。跟身材修长容貌俊秀的姨妈走在一起，画面十分美好。结了婚以后，姨夫还在部队里，姨妈在乡下教书、看孩子、奉养婆婆。姨夫从原兰州军区复转，到公安局当了干部，姨妈也从乡下到了城里，住在公安局的宿舍里。那时候，大表哥已经 10 岁，二表哥 6 岁。

我很喜欢去姨妈家玩，我觉得她烧的红烧肉，凉拌的莲藕，比我妈做得要好吃。

据二表哥反映，我妈的黄焖鸡和炸酱面远远超越他妈的手艺，大人们常说这几个孩子这么羡慕对方家的伙食，互相换换算了。

姨妈喜欢女孩，没有女儿是一生的遗憾，每次我去她家，她都要把我叫到跟前，把我梳好的辫子打开，重新帮我编一次。她怕揪疼我，辫子结得特别松散，不像我妈早起梳头把我的头发薅得生疼。我偎在姨妈怀里，闻到她脸上雪花膏的味道，觉得真香真温馨。等我去跳皮筋，三蹦跶两蹦跶，头绳就掉下来了。姨妈笑着把我叫回来，靠在她怀里，再重新编一次。

虽然小时候没有长在一处，但妈和姨妈感情很好。姨夫进了公安局以后，听到消息说区食品公司要招工，赶忙拿了一份报名表到外婆家，帮妈填了基本资料，姨妈领着妈去镇上的照相馆，照了二寸免冠照，照相前还把自己头上的发卡摘下来别到妈的头上。妈上了班，非常感念姐夫的好，常说，要是没有你姨夫，我可能这辈子都在田头拾麦穗呢。

姨夫性格桀骜，说话耿直，也不喜欢应酬，跟领导处得不大好。在秘书科做个科长，算是投闲置散。事业上不是特别顺心，他就发展个人爱好，写字怡情，拓各种碑帖，置办宣纸笔砚，一手字写得遒劲潇洒，在书法大赛上还拿过名次。我小时候去姨妈家玩，也凑在旁边研墨，抓起笔写个两行。他看了很欣喜，说写得不错，再拿过一本柳书来，给我说坐下来好好练。我写两行就坐不住了，跟二表哥跑到外面去挖知了爬双杠，再不就是斗蛐蛐，忙得不行。大表哥那时已经是矜持的高年级学生了，就遥遥地看着我们玩。

姨夫行伍出身，脾气暴躁，常有怀才不遇的感慨。虽然练书法陶冶情操，但是遇到琐事，有所触动，还是会按捺不住性子，发火拍桌子，呵责家人。他对大儿子非常爱重，比较客气，在家挨打的常常是二表哥。

大表哥的成绩一直很好，大家都说姨夫家肯定能培养个大学生。大表哥热爱学习，性格内向，高度近视，一直戴着黑框眼镜，走路目不斜视，骑车迎面而过你不叫他，他绝不会发现右前方是你，他打小干活不麻利，很大了都分辨不出水开的声响是什么样的，煮鸡蛋的时候也不知道要加水。那时候，广播里在播徐迟的报告文学《哥德巴赫猜想》，爸说老大还挺有陈景润的风采。看到“鸡蛋没缝怎么剥”的新闻，听到“高分低能”这四个字，爸说他都会联想到我大表哥。

但是成绩好，一切弱项都被宽宥。大人们说，不会干活怎么了，你哥哥学习多好啊。你烧水烧得好，解不了方程式，你不还得烧锅炉去吗！转眼大表哥高考了，全家都很紧张，期待分享我们家族第一个大学生诞生的光荣和喜悦。大表哥考试那几天，姨夫和姨妈恨不得自己变成一只猫，走路无声，呼吸轻柔，别给他任何压力和干扰。考试结束了，妈紧张得不敢问，静静地蹲在家，等着好消息从电话线那头传来。过阵子发榜了，大家都跌破眼镜，大表哥高考失败了。

他成绩好，但是心理素质差，一上考场就掉链子了，该会的全没答上来。老师碰见姨妈，很羞惭也很尴尬，说，我也没想到，还说这孩子妥妥的没有问题呢，再补一年吧，放弃了多可惜。小地方，亲戚熟人多，都在关注各家孩子的战况。那段时间，姨妈和姨夫在菜市场被人问得落荒而逃。收拾心情，给他鼓劲加油，说咱再补习一年，一雪前耻。大表哥推推眼镜，点点头，夹着书包去了学校。

埋头又学了一年，再上考场，还是失败，比上一年的分数还差了一截。姨夫姨妈大失所望，受了打击，灰头土脸的，干什么都没有乐趣。

二表哥在那一年初中毕业。他成绩不错，但是没有大哥出众，若说上大学也没有十足的把握，毕竟人人看好的种子选手老大都折戟沉沙，在同一个地方摔倒了两次。姨夫和姨妈觉得，让二表哥上技工学校，毕业后直接工作，有个饭碗比较保险。与其把希望寄托在缥缈的未来，有可能收获一个更大的失望，不如趁早根绝这个冒险的可能性，做个稳妥的选择。二表哥没有争辩，有人已经多使用了一次机会，有人就要弃权；有人任性，有人就得收敛欲望，世界就是这样才平衡。二表哥同意家里的安排，但他提出要去参加升高中考试，证明他自己考得上。两份通知书都下来了，二表哥九月去了技工学校报到。

他心思缜密手也巧，活干得特别好，开始为成为一名技术工人做准备。大表哥高中毕业去银行当了临时工，大表哥性格木讷，不喜欢跟人打交道，处理钞票倒是得心应手，在单位适应得挺好，过了几年转正，成了正式员工。

二表哥进厂，因为成绩好分到了试飞站，很快成了业务骨干。日子慢慢过着。小城生活，波澜不多，通俗点讲，青年们人生中不外两件大事，就业和择偶。工作定下了，大表哥也到了找对象的年纪。谁也没想到，一找就是十五年。

面对在银行上班的正派青年，媒人们都是非常热情的，问你有什么要求啊，然后物色人选加粗推荐。大表哥的择偶观很模糊，在现实中不断印证修改并确立。每次他都会说没有什么具体的想法，每次看到人后又会生出具体的意见。

他也无法传达对方给他的“不是她”的这种宿命感的失望吧，所以他只好努力地寻找可接受的具体的证据来表达他的不如意，比如张美丽太白了，李春花讲话声音太大了，王咪咪头发烫得太吓人。一个人好不好、可爱与否本来就是一件见仁见智的事。一朵花，有人看见春天，有人看见朽烂，有人看见一个斑点，有人看见整只的蝴蝶翅膀。从前的人没有那么容易原谅一个审美上自由散漫的个人主义者，他们会觉得微微受了冒犯：怎么我看着很好才推荐给你的人，你会这么挑剔；为什么我称量过跟你是斤两匹配的人，你会断然拒绝。他们会压抑他们的不满和疑惑，说这个浓眉大眼你不喜欢，你一定是喜欢细眉小眼的，你不爱高的那你一定是想要矮的，不喜欢话多的准是稀罕话少的，一切量化好之后你仍然不爱，你就是作。当我们动员周围所有的资源为他介绍众多适龄女性，他仍然在摇头说不行的时候，大家都感到了深深的疲惫和困惑。

大表哥成为我们家族的问题人物，他的不婚年复一年成为大家议论的重点。中秋节那一天，姨夫终于无法压制他的怒气，掀了桌子，给了大表哥一巴掌，说，你看看自己几斤几两重，你想想你自己值几个铜钿，你春节之前再结不了婚你就不要再进这个家门。大表哥的脸本来就黑，耳朵由红转黑抖动了一下，但是脸上没有表情，缓缓地把眼镜捡起来，擦了擦戴上，默默地退了出去。

姨妈的悲伤和姨夫的愤怒给我留下深刻的印象，我像一切热爱和平的人一样对那个引发冲突的源头产生了由衷的不满：为什么你那么难以取悦？为什么你不能随和一点？为什么你就那么特别？为什么你要折磨我们？为什么你有信心过与众不同的生活，却要拉我们陪绑，让我们成为那个古怪单身者的发言人去面对各种试探和诘问？

直到十年后，我在同一境地听到我爸的同一番申斥，我才体会到大表哥的无奈和无辜。我们不是不努力，我们不是不着急，婚姻岂是靠努力得来的，爱哪是靠勤奋就能收获的？我们的婚姻不是告慰父母的成绩单。缘分的迟到早退不依从我们主观的意愿，恋爱也不是我们单方面的个人行为。我们为什么要因为我们的审慎谦卑或因我们的坏运气而被呵斥杖责，被冠上忤逆与骄傲的名号？仅仅因为我们的窘况威胁了父母的自尊，干扰了他们对合理生活的根本信仰，偏离了他们对体面人生的唯一认同，或让他们对我们的信心无法自圆其说？

我知道我父亲挚爱我，我从不怀疑这一点，但那瞬间我发现爱是有漏洞的。有时候他们的爱也是那样残忍而势利。你要匹配他们的期待，你要符合他们的想象，你要在必要的时候幸福，你不可以任性离群或不幸掉队。

对我们的父辈来说，不同是一个可怕的词，那意味着危险和黑暗。你要在群体里并处于领先位置，这才是人生理想的状态。大表哥孤单度过的那些岁月里，我不知道谁是他的助力。他沉默面对父母的苛责和亲戚的规劝，我们会说这是一个有点古怪的人。谁的家族没有一两个让人欲说还休的黑点呢？等他到了三十五岁以后，大家基本上放弃了对这个话题的探究，外婆想起了大外公，说，欸，不结婚日子也过得挺好，他有点潇洒得发胖了，喝啤酒、吃牛肉、睡午觉，成了我们家族里最忠于自我的人。

姨夫跟我爸说，听到他在卧室里打呼，我心里那个忧急啊，恨得牙根痒痒。真想拿个簸箕呼到他脸上，人家还有脸打鼾，心是真大啊。

然而，40 岁以前，他居然恋爱了，而且说要结婚了。对象是他自己认识的，恋爱悄悄谈了一年，求婚成功了，他才通知家人。

喜悦来得太晚，但毕竟还是个喜悦。

他的婚房空置多年，重新装修后，大表哥开始他的新婚生活，当然，他很幸福，没有人怀疑。他是一个对幸福极端审慎，跟命运锱铢必较的人，他一定会幸福。

大表哥昂然做自己的这些年里，二表哥静默地结婚，静默地生子，买车买房，静默地成为家庭的掌舵者，做好了照顾父母甚至将来为大哥养老送终的准备，他没有机会跟世界撒娇，留给他的选择一向不多。有人做了傲娇的那个，他就要做有背负的那个；有人表现了对世俗责任的推拒，那么他就要展现他的臂力。担子就在那里，总有人要扛起来，不幸你是排在队尾的人，你就要接受这一份试炼，但事情总有两面，像麦子一样，低下头的那个，总是最饱满的那个。

二表哥从小跟我爸聊得来，他也是我爸最欣赏的人之一。爸说老二是个男子汉，我想爸在他身上，看到了一部分的自己吧，压抑、自省、要强、坚韧。为了照顾家里，二表哥放弃了高考，上班以后放弃了外派美国的邀约，静默中过滤掉了很多好机会。精神上，他更像长子。

姨夫的性格一直没变，年纪大了仍然火爆，老大的婚事解决之前，他在某次争吵中向姨妈动手，二表哥冲上去护在母亲身前，一把就推开了他，一字一顿地对他说，有我在，你再敢打我妈试试。姨夫愣在那儿，颓然地发现自己老了。一向被自己忽略的，瘦弱又乖巧的小儿子，已经在静默中长成了一个男人。

我从来没有跟大表哥深谈过，他的内心世界对我是个谜。成年之后，我也很少有机会跟二表哥聊天，彼此被命运驱策，扛起自己的十字架，有时我觉得自己似乎明白了大表哥，有时又觉得更心疼二表哥。自由总是辩证的，以家为单位的亲族里，我们的自由，总是有人缚着双手，让渡出来的。某些节点上，我们的命运纠结在一起，很难说无赊无欠，这个大概就是羁绊。

不赊不欠的人生

小的时候，爸常常会跟我说“吃得苦中苦，方为人上人”。在他的意思里，何为人上人？不是可以欺凌人，而是可以不求人。也就是说，维持住起码的尊严和人格上的完整性，不用仰人鼻息，因为这个世上，钱难挣，屎难吃，脸难看。

爸说，小的时候为了交上几块钱的学费，去舅舅家借钱，走十里路去舅舅家，敲开门就看见舅母在努力收束脸上的厌弃。进了门，舅舅和他对面坐着，问他喝水不，吃饭不，他都说不。舅舅就问，你爸最近还吃药不，你妈眼睛还好？爸一一作答，然后就一起陷入沉默。熬到饭点儿，舅妈去做饭，把水瓢和锅勺弄出些声响敲打屋里的人。终于爸开口了，低着头说出来意。轮到舅舅陷入沉默的尴尬，之后抖擞精神开始语无伦次地解释，爸只能听懂一句，我手上也不方便。爸起身告辞，舅妈从灶间追出来，说，老大，吃了再走。大舅家没借到钱，又得去村东头的二舅家。二舅家孩子多，境况跟爷爷家差不多，上了门谈起借钱，十回有八回也是落空。那一回，二舅母实在看不得爸眼里的酸涩，追出来塞给他几块钱。

赶上爷爷犯病，家里没有余钱，邻居们都借了一圈，爸还是得去舅舅家借贷，有次是和三叔一起去的，大舅家门锁着，二舅母说家里没有现钱，过阵子等二舅卖了粮再来。三叔在路上哭起来，爸背着他，三叔的眼泪顺着爸的肩膀淌到胳臂上。爸跟三叔说，人受穷，就没有志气，连舅舅都瞧不起你，老三，你要刚强些，长大了可要成个人上人。

后来爸招工进厂，结婚生子，不肯再去大舅舅家，逢年过节都是二叔和姑妈代他去拜望。有回在亲戚的丧礼上，远远地看见他大舅来了，爸就准备避到一边去，大舅舅在后面叫他，爸低着头也不招呼他，大舅觑着他的脸色，说，你这娃，你咋还真把舅舅恨上了呢。

舅妈也上来拉着妈解释，说从前老大上门的时候，常常让他伤脸，娃呀，当你每回空着手回去，你舅舅心里不难过啊。那时都紧巴，谁家少个十块五块的日子都过不浑全。

爸全程木着脸，妈要拉他，他甩甩袖子挣脱妈，扬长就走了。妈跟我讲这件事的时候，是为了佐证爸这个人是如何不通情理，性子凉薄。我听了，却有不一样的感受，如果那时候我在，我一定在门口等着爸，跟他一起走出去，走到三里外，没有人能看得见的地方，让他大声地哭一场，把他那些年的憋屈踌躇和伤心都抒发出来，把他被生活践踏落到尘埃里的自尊心擦亮了，洗净了，把那颗因贫困而被不断抽打的少年之心呵暖了，护好了。

当然，每个人都有具体的困境，我也愿意相信爸的舅舅不是硬心肠的坏人，但伤害是客观存在的，那种挫败感变得日常化，如影随形渗入骨髓，没有人能代替他原谅，或催他遗忘。在所有伤害当中，亲人给的折辱是更大的伤害。在这一切的经过里，我只心疼我父亲被摧折的自尊心，被败坏的同胞爱。

一个其乐融融的大团圆结局，一个既往不咎、以德报怨的好名声，是很多人所追求的，但那意味着在整个事件中必须有人打落牙齿和血吞，有人充大头扮英雄，把往事当烧红的烙铁一样生吞，对从前的纠葛不发一言，我不想我爸是那个受了委屈还要假装释然的人。

如果他不肯和过去讲和，我陪他一起任性。我会帮他多翻几个白眼，表情比他更加冷漠，背影甩得比他更决绝。精神上，我要站在他这一边，我们要挥舞同样的旌旗，保持同一的步伐。无他，谨以爱出发。

后来类似的场景常常在我家的客厅上演。若遇到钱粮不继，机灵的二婶就会派二叔出马，坐在我们家客厅的绿沙发上，局促不安，展示他的期期艾艾。吃了饭，茶也沏了三遍，二叔动动身子调换一下坐姿，还是不开口，爸也就继续闷坐着。二叔脸色越来越灰败，爸的眉头越来越郁结。终于还是爸叹一口气，先开了口，问老二家里是有啥事呢吧，你来是不是手头缺钱了，需要多少。二叔如蒙大赦，脸色由灰转红，嗫嚅半晌说出一个数字。爸交代妈去银行，有时来不及，爸就说我转天送到你家去。二叔事情办完了，不再耽延，告辞回家。爸也不挽留，坐在椅子上，绷着脸说路上慢点骑。

这样的场面三不五时就会发生，坐在沙发上的有时是二叔，有时是姑父，有时是堂叔，有时是妈单位的董伯伯。那时候大家的收入都少，遇事几乎要告贷，彼此都有周转、救个急的时候。遇到婚丧嫁娶，往往得在周遭朋友圈里借个遍。其他人来借钱都是微带不安，但基本上落落大方，尤其是舅舅，对我妈开口绝对信心十足。

其间最踟蹰的人就是二叔。我看着二叔和爸沉默中的拉锯，赌对方今天会不会开口，就觉得两个当事人都太煎熬。本应该无间的兄弟情分被捉襟见肘的现实挤压得那么可怜。二叔走后，爸必然会生一阵子闷气，气二叔软趴趴的性子，也气自己没有豪气的资本。

我想他成年成家成为父亲之后，也开始理解舅舅当年的立场，但越是理解越是郁闷，越是为自己有可能像他那般而感到恼火。

我刚上小学的时候，舅舅娶媳妇向妈拿了一笔钱，给外公置办寿材又花了一笔钱。差不多同一时期，姑妈要翻修房子向爸开口，爸回绝了姑妈。姑妈走后，妈埋怨爸说，你姐好不容易向你开一回口，你还扫了她的面子，你看你这事干的。爸非常懊恼，而且有了深深的孤独感。后来爸跟我聊起这件事的时候，说家里那时候也不是完全凑不出这笔钱，但是为了咱们的小家，为了你妈和你，我非常自私地拒绝了你姑妈，我心里也十分难受，你妈站在一个超然的立场上责备我，完全不体会我的苦衷也不领我的情，我心里就更别扭了。家里的钱总共就这么多，能动的就这么多，你舅舅家拿得多，留给我这边的就少。我不克制，无限制地支持你二叔家、你姑姑家，那咱们自己家的日子还过不过了！

我理解爸借钱借怕了，手里边没钱时的那种恐慌感。他和妈每月会把工资的一部分存入定期的折子，看见上面的数字维持在某一个区间，心里才稳定踏实。那时候单位还没有推行绩效工资，一个月干多干少都是拿那么多钱。爸为了多几块钱的津贴和双倍的劳保配备选择了喷漆工段，拼命干活，但除了一沓子奖状，没有任何实质收益。

妈对一手看大的幼弟和小妹都有舐犊的深情，同时还总想代外婆对姨妈和大舅表达歉意，所以罩衫一买就是四五份，鸡蛋糕一买四五包，橘子罐头一买就是四五瓶。在总收入有限的情况下，供养大家庭，除了克扣自己的欲望，没有别的途径。爸不抽烟不喝酒，口袋里常年不超过五块钱，月初，妈给他放进口袋，洗衣服的时候一翻，原封不动的还在那儿。钱能带来的欢愉，爸几乎没享受过，钱能带来的紧张感和焦虑感却一生都伴随着他。

物质的匮乏会宰制精神，过度的贫困会败坏一个人的精神气质。一个人常年被霉运纠缠，长期处于告贷者的位置，就会滋生出猥琐、窘迫、卑微、酸涩的不洁感，令人联想到接踵而来的灾祸，鳞次栉比的不顺利和层出不穷的坏运气。面对这样的人，你很容易产生一种排拒、鄙夷和不耐烦。加上斟酌后求自保的心，再关照一下勉强收支平衡一不小心就要捉襟见肘的现状，说出一句“我手头也不方便”是非常具有合理性的。爸开始在精神立场上了解舅父的尴尬，体会到泥菩萨过江自身难保的无力感，生存压力下，亲情被推挤，压缩至小小一隅，不是鲜见的悲剧。

爸在往后的日子里，常常面临此等压力。他不肯见舅父，也是不肯和自己达成谅解。他这一生常常处于对自己的追责中，为什么当初没有对奶奶更好一点？为什么没有帮爷爷拍过一张单人照片？为什么对二叔就不能和颜悦色？为什么没对三叔说你想怎么过都行？为什么明明心疼姐姐，面对她的逆来顺受时却比任何人更容易怒气勃发？为什么和姐姐弟弟一碰面就精神紧绷、脸色铁青？为什么面对他同气连枝的亲人，他那么笨拙、生硬、尴尬又疏离？

好像只有面对我时，他才能顺畅表达爱意，我想在爸心中，曲折压抑的爱，是长子的责任感和现实中施展无能的落差。所以父亲的身份，对他而言是一个救赎，他可以纯然释放他的爱，实践他对责任义务的原初抱负，我不曾对他失望，他也不曾对我辜负。所以二十年后，爸清算他这半生的债务，说，你妈对得起她家所有的人，我这一生，唯一对得住的人，就是你。他的语气慨然也愤然。

和二叔、姑妈跟爸之间的紧张、隔阂感不同，舅舅、小姨和妈之间的交流是顺畅的，自然的，有恃无恐的，理直气壮的。他们从妈这里寻求帮助，要求资助，态度是那么理所当然、顺理成章。客观来讲，外公和外婆对妈有时是索求无度的，完全超出她的负荷，但是妈以鞠躬尽瘁的决心，以马前卒的姿态，严格执行来自父母的一切嘱托，大到给新房买木料，小到给侄子买白糖，从家族成员的婚姻就业到前院母鸡的草种饲料，事无巨细地倾注她的精力。对比妈的奉献精神，爸对二叔和姑妈自然是充满愧悔的。

小家庭像在疾风暴雨中前行的小舟，遇到耳旁有人呼救，妈会把小船上的铆钉拧下来贡献给大艇，爸就要用手去捂那个窟窿，窟窿眼越来越多，手指头不够用的时候，爸就会忍不住提醒妈，我们也不是钢铁化身，我们也会自身难保。妈只看见她的来处有人在呼救，爸想的则是小船上的补养够不够驶向更远方。

很难讲谁更不对，妈外扩的责任感让她无视自己的实际能力，她一直醉心于能干大姐、靠谱女儿的标准人设，为了亲族中华丽的口碑而努力纳贡，全面模糊了私生活和公领域的界限。

爸很牢地守着那道红线，清晰地界分你的事和我的事，你的精神疆域和我的精神疆域，他希望的情况是你做好你的部分，我处理好我的部分。他讨厌一切从精神到物质的僭越，不喜欢被瓜分、被侵占、被谋算、被剥夺，他讨厌求告人也讨厌被别人求告。他追求自给自足、清洁无挂碍的精神生活，但一生不幸，未能如愿，总是被攀扯进无尽的纠葛。

我的父母都非常好面子，珍惜外部评价，他们不喜欢把矛盾展现给大家，尤其是爸，关上房门面对他人的时候，对一切争执讳莫如深。作为一个早熟的孩子，冲突爆发后，我是他们的听众和最初的仲裁者，起初我无法梳理出一个脉络，只觉得这种争吵让我烦恼，会因此而迁怒于我的亲戚网络，他们是一切麻烦的源头。舅舅走了，爸妈开始吵架；二叔走了，爸妈开始斗嘴；小姨走了，爸妈开始冷战；接到外婆的电话以后，爸摔了他的茶杯，妈打烂了阳台上的花盆。每次舅舅或二叔一来，我都会紧张，怕他们释放出的消息，会变成一个炸弹，引发我父母的争吵，带来此后十天半个月笼罩在我们家的低气压。少年时，我有一个很极端的想法，如果我们家只等于我们仨就好了，那么我爸和我妈将没有任何争吵的理由，我们家会一直风平浪静，极端甜美和谐。

这些年里我渐渐明白，他们的争执不仅仅在于钱的走向，对彼此家庭的奉养比例，对彼此亲眷的热情差异，更在于对世俗生活中责任的认知差异。爸是厌世的、怕事的、内向的，妈是进取的、好事的、外放的。妈需要解决事端以展现自己的存在感和权威感，爸则希望天下无事，保全他的安全感和自律感。

他们是那么不同：妈的勇猛在爸的眼里约等于粗粝，爸的细腻在妈的眼里很多时候等同于软弱。我从小在精神上赞助我爸，我爱他的落落难合，爱他的优柔寡断。爱他各种和我一样对复杂羁绊的恐惧和抗拒。爱他那种无力感和对物我及他者的界限感。不仅仅是因为自私，更因为自知。因为我们 Hold 不住强加来的责任，我们不喜欢主事话事的感觉。我们是那么竭尽全力在维持个人生活的纯度，提防一切勾兑和渗透。你不要烦我，我也不要烦你；你千万莫问我借钱我也宁死不向你开口。我们深深怕失望也深深地不愿意让别人失望。我比我妈更容易谅解我爸，因为经历了短暂的、昂扬乐观的童年期之后，我慢慢变成了和他一样的人。

我深深知道，他岂止不是自私凉薄，他简直是太多情了。他不愿意做的事情那么多，可他每一件都带着嫌恶全力以赴地做了。为着爱，为着义务，为着责任，为着他所深爱的我和妈妈，为着妈所深爱的家人们。

我比他幸运太多，没有经历那么多试炼，没有被迫碾碎自尊，破碎原则，和生活缠斗直至刺刀见红。我为此心疼他的付出，因为我知道，扛着两个大家庭纰漏百出的生活，没有人比他做得更好，牺牲得更多。妈有可能会有她的不解，但是我没有。

因此在中年，终于过上无赊无欠的生活时，我异常欢喜。我终于实现了我父亲盼望了一生的理想生活，我要带着他的那一份，充满感激地走过每一天。

生活里的转折

迎接爱国卫生月的清洁活动中，有人从食品公司营业厅的门廊上挑来一条白蛇。徐为强伯伯把它拾起来，掼晕了又扔回到房顶上去了，自此它就遁走了再不见踪迹，也不知死活。大家都说这是个镇宅的宝贝，被徐一刀这样一抡，凶多吉少，它走了，只怕食品公司要走背字了。

早年间肉蛋带鱼都是凭票供应，而且肥瘦不可期，想要前腿肉或肋条肉得看卖肉师傅的心情，一刀下去，银货两讫，再不满意也只能接受。柜台前面常常拥着对肉的品质和部位不满意而吵架的顾客，出了柜台，食品公司的员工是人人愿意接纳的朋友。妈虽然只是在第二门市部做开票的工作，但是在小城里举目三尺有熟人，走到哪里都有朋友。她虽则不善交际，说话也不艺术，但是比起在工厂里闷头工作的爸，社交生活并不乏味。我们常常可以享受到一些便利，比如买到比较好的百货，看电影时能拿到比较好的位子，坐车时可以不用买票，去照相馆一样的价钱可以冲洗多一些的照片。

20 世纪 90 年代，食品已经不再是垄断行业，猪肉也不再是稀缺物资。市场竞争下，单位效益不行了。大家都想起那年白蛇的事情，有迷信的人就埋怨徐为强伯伯，说他太莽撞，可能这种闲话听多了，为强伯伯下班的时候一晃神就扭了脚，身子胖大的缘故，伤了脚踝，他自己也内心骇异，跟妈说，啊呀，不会这么邪吧。那年他提前退休，让儿子小徐接了班。过了一年，他就在睡梦里脑梗过世了。

肉联厂的徐一刀和食堂科的刘老虎在区上是赫赫有名的一对胖子。大伙都说他壮年猝死，兴许是手下杀孽太重。从前在他手下学过徒的舅舅跟我说，你不知道，他往猪栏、牛栏跟前一走，猪和牛都汗毛倒立，啾啾地叫。妈常说，徐为强伯伯走了，单位啊，就开始垮了。

市场搞活以后，肉联厂业务持续萎靡。大家都去市场上买火鸡鲜蛋、后腿肉、里脊肉、脆骨肉，愿意买多少就买多少，带鱼一年四季都有货只要你肯掏钱，明虾片、海蜇皮应有尽有。我妈他们单位开始靠出租门面维持生计，营业厅越弄越小。柜台上还是卖虾皮、海带、木耳、香肠、蜂王浆之类，旁边却开了美发馆和文具店。

同样的，从前的国营理发馆也门可罗雀，江西人胡师傅不再是引领风潮的魔术师，只有爸这样不讲究的中年人还定期光顾，在老式椅子上剃头刮脸。姑娘们都去了有“高级染烫”“广州师傅主理”等字样的美发厅。

文具店里自动铅笔、自动水笔和二十四色彩笔，各种文具盒琳琅满目，我去找妈的时候必然在里面流连一阵。

妈的生活也发生了一些变化，她显然不太适应。国营服务业都在变化经营方式，世界对她展露了严肃的神情，她要开始习惯这种公事公办的腔调。她不能理解从前那些免掉的电影票、省下的洗澡票、免费的感冒药，都是等价的利益交换，而并不是世界对她释放的善意，所以她有点迷惘、失望、愤懑。小小的职业红利滋养了她的自尊心，放大了她对抗世界的自信心。她一贯的勇敢里有很大成分的莽撞和不思量，时代的变化揭发了这一点。为了舅舅和外婆家的事需要求人的时候，妈发现，以往关系很好的人也开始推诿和游移了。妈颓然地说，唉，人家现在用不上咱了。

爸显然比她要思虑周详。妈把一切归咎为世态炎凉，爸倒觉得妈单位不风光了以后，妈变得柔软可亲了。爸说，我宁可你妈少拿钱，甚至于都不挣钱，我不想听她再指着我的鼻子说，这是我拿我自己的钱买的。

妈说爸老记这句话是小气的表现。我知道爸并不是大男子主义，他是不喜欢妈语气里那种壁垒分明的对立感和对他根本上的不屑。我想这也是妈在争执中随手拿起的武器吧，最有效地解气，但是也长久地伤人。

那时候我从初中升入高中。高二分科，我兴高采烈地去了文科班。我们班主任身材高大，眉宇间常带忧伤，他是个爱写诗的音乐爱好者。班主任会用萧吹奏《春江花月夜》，自习课常常组织我们辩论人该不该崇拜偶像，《边城》就是他推荐给我的。高考前，我在街上书摊看到《神雕侠侣》，我跟爸说我想买这套书。爸问多少钱，我说二十块。妈说马上要考试了，买这些闲书干啥。爸给我二十块钱，说，你去买吧，买回来先放到我这儿，你考试完了，再看。

有天我在自己的房间里看书，听见爸妈在一块儿商量，爸说，贞应该差不多。妈说，那也说不准，你看我姐家的老大，一上考场就发挥不好。爸说，要是考得不好，咱也别让孩子补习了，差一点的话，就多掏点钱，上自费上委培，只要孩子顺顺利利上学去，咱们砸锅卖铁的都行。妈说，我也是这么想，咱娃瘦，补习太劳人了。他们俩商量着给我去买太阳神口服液去了，我一个人坐在窗子前面，发了一会儿呆。我没跟他们说我听到了他们的对话，只是吃晚饭的时候，我跟爸说我有信心，我不会怯场的。

考试前，有十天休息，自己在家备考。我申请看了一会儿电视，看到老狼在群众中间弹着吉他唱《同桌的你》，还有何炅在卖幸福牌鞋垫。他们为大学生活做了完美的代言，我的憧憬达到了一个诗化的顶峰，以至于我进入大学后对着食堂的米饭和我们班的男生，很久都缓不过劲儿来。

考试前一天，妈给我吃了半片安眠药，爸担心风把挂历纸吹得太响，影响我的睡眠。把挂历翻过来倒挂着。想想还是不放心，干脆把它摘掉放在沙发上，还给上头压了个枕头。我们家房子临街，外面有人喝了酒，坐在对过马路牙子边聊天，许久不散。爸心里着急，三番五次地想下去把人家轰走。

爸带着我去考场，我跟他大声说拜拜。他问我考完试中午想吃什么呀，我说吃玉米。五楼的邻居杨伯伯喝多了，骑着车子“咚”的一声撞在行道树上，车龙头歪了，车也瓢了，他坐在地上起不来。看见爸推着车子过来特别开心，大着舌头说，老刘，你干吗去呀，咱老哥儿俩去喝一个。爸冲他摆摆手，说姑娘高考呢，要买菜去。杨伯伯冲着他喊，你闺女错不了，肯定没……没问题，来咱俩先碰一个。

中午，爸在考场外等我，我高高兴兴地拉着他往回走，他问我考得好吗？我说特别好。周围的家长和学生都看着我们。我坐在爸的自行车上，唧唧呱呱的，跟他讲我作文都写了些啥，回家吃了熏鸡玉米还有西红柿炒四季豆。结束了三天高考，开始估分。

拿着招生简章，爸开始犯难。他给不了我有效的意见，我们周围的知识分子只有党校毕业的姜叔叔。我靠直觉选了新闻系，在一本里选了西北大学。姜叔叔说这个学校我去过，挺好的。离家也近，贾平凹就是从这作家班毕业的。志愿报上去了，碰到公司报社的记者小林，他后来去了三秦都市报。他问我报了什么专业啊，我跟他说了。他说，你学新闻怎么也得报复旦啊、北广这样的学校才对啊，你不知道西大是第二农讲所啊。我问他第一是哪儿，他说当然是我的母校师范大学咯。

爸挠挠头说，复旦在陕西省只招两个，不保险啊。北广是二本啊，西大就挺好，离得近。

发了榜，我考得还不错，全班第一。爸妈开始为我准备行装，妈领我去裁缝那儿做了大红的衬衫和黑马甲、黑长裤，我戴着大框眼镜，留着短发，昂扬地进入我的大学。而后，十几年，都放置在这里了。

到了报到的时候，整间宿舍我到得最早。爸妈把我安置好，弄好了被子，领我去逛街，在西大街一间电器行买了东芝录像机，坐 10 路车把我送回学校。那时候宿舍里来了第一位室友，我伸出手说，你好，我是刘贞。爸妈很欣慰地看到他们的女儿开始自信而快乐地迎接新生活。后来妈说她长出了一口气，发现还好，我见了人不像爸那样孤僻讷言。

在校园门口分手，说了再见，我头也没回就走了。后来爸说，妈在门口流了眼泪，说这个娃，一眼都没看我，说走就走了。

第二天，姑妈来送菜，一起吃饭的时候，妈习惯性地摆了我的碗筷，把鸡翅特别对着我的座位。姑父说，娃走了哦，这下屋里宽展了，你俩也清闲了。

妈坐在那儿又开始流眼泪，爸吓了一跳，他的妻子也进入了感性的中年了。

那时候，大型超市开到了小城，大小杂货店营业红火，食品公司经营不下去了，领导们商量把店面整个盘出去，开了几次会，宣布被棉花公司全面收购。大家议论说领导吃了回扣，自己肥了腰包。区食品公司成了历史名词，人员被遣散，买断了工龄。妈四十几岁，宣布下岗失业，人生没有了准头。从前风风火火忙忙碌碌的柜台生涯结束了，妈非常迷惘地回归家庭。那个时候，我在上大学，外公外婆还在世，家里少了一笔收入，妈忧心忡忡。和同事们商量，开了一个卤肉摊子，卖酱排骨。大家都还是从前公家人的做派，酱料肉排都拣好的，肉炖得香酥稀烂。在市场上营业三天，发现成本太高，利润没有想象中可观，各自作罢。原先的财会很快在小工厂找到工作，妈没有任何上岗证书，就业前景困难，干脆回家做饭。

爸为了安慰士气低落的妈，特地给她报了去广西云南的旅行团，妈出门去玩了半个月，买回来一堆镀金的假首饰和塑料玉镯子，兴奋地拍了很多和人妖的合影，那应该是妈和爸结婚以后，唯一一次分离。妈说爸在造飞机的工厂工作了一辈子，还没坐过飞机呢，往后等爸退休了，他们俩一块儿坐飞机上北京去，在天安门上散个步。

旅游回来的高兴劲儿过了，又得开始忧心往后的日子。爸说咱们有粥喝粥，有饭吃饭，慌什么！他虽然话说得硬气，但是常常沉默。我知道他不是那么举重若轻的人。有天我回家，妈炒了蒜薹炒肉，买了我喜欢吃的熏鸡。爸一个劲儿地把盘子里的肉往我碗里夹，我说不用了。爸说现在家里这个情况，你妈炒了肉，你就多吃点儿。

我的眼泪掉进碗里，觉得又不是拍《苦菜花》，为什么要这样凄凉。之前我并不知道妈单位里的事情，只是觉得妈常常在家换休，单位不是特别景气。爸去学校看我，给我带了一箱苹果。他和我在外面吃了饭，我送他去坐公司的班车回家。他从兜里掏出100块钱给我，说你留着买点吃的吧。我说生活费还有呢。他说，你拿着吧。我就去冷饮店买了瓶绿茶，花了3块5。我问他你喝不喝，他说，不喝，你拿着吧，回学校的路上喝。

后来为了恋爱的事忤逆父母的时候，一个阿姨来劝我，说，你记不记得有一回你爸去看你，你爸回来以后挺难过的，说给了你钱以后，他的兜里就只剩10块钱了。转身你就买了一瓶水，花了3块5。他说，孩子们完全不理解世事的艰难。我不太记得这个细节了，但我想一定是很戳爸的心窝。

永远是我负他良多，这没有什么可争辩的。

家里的事还是一茬接着一茬，舅妈的弟弟住院，要妈帮着找大夫；二叔想给儿子落户口，问爸爸拿主意；外公得了肺炎，姑妈割了阑尾，常来常往的朋友里有两对在闹离婚，轮番地来诉苦。爸妈打起精神，一桩一件地对付。

紧接着我毕业了，开始找工作，各种不顺利。爸妈不相信招聘和不解决户口的工作机会，觉得那非常不靠谱，你看正式的工作都是说下岗就下岗，公司说破产就破产，何况是这种私人单位。爸妈说咱还是要找个靠谱的单位，社会风气如此，少不得又要去求人。

求人难

我们那时候学新闻，晚报社是人人称羡的好去处，那是铁饭碗，属于国家干部序列，自然竞争也激烈。那时候的生态环境跟现在不同，晚报社有国字号的背景，在市场上有号召力，在城市基本一家独大，要跻身其间不是件容易的事。我有报章杂志发表的很多作品，觉得自己还是有竞争力的，但是爸显然不这么看，他说现在的社会环境，还是找找关系比较保险。

我们是普通家庭，亲友里没有手眼通天的人物。爸妈合计一阵，想起一位族兄，于是我踏上去咸阳的火车，找到了爸的这位远房堂兄。他成家晚，非常爱孩子。小时候，他待我甚厚。很久没有见面，以这样的方式相会，我感到十分尴尬和别扭的。这位伯伯做的是普通工作，但他的太太有门路。她满口应承，收下礼物和信封，说会把我的材料送给领导，让领导帮忙向晚报社人事部说几句好话。

吃完饭，公务员婶婶上下打量我，说，你穿成这样，找工作怎么能行，你妈也不帮你打扮打扮。她拉开柜子，挑出一件她女儿的 T 恤衫，又找出一条半裙让我穿上。她很为难地看看我的球鞋说，你穿这个不行啊，人长得这么瘦小，得穿个高跟鞋啊。她带着我去对面的民生大楼买鞋子，推荐我买了一双白色的百丽皮凉鞋，跟起码有七寸高。我穿上别扭得不得了。婶婶表示说她送给我，我说，我有钱，怎么能花您的钱，赶着去付了款，花了 160 块。这双鞋我大概就穿了那么一次。她说，下午带你去给我们领导见一下，让他有个印象。一路上她都在讲，你妈不知道给你打扮打扮吗，孩子找工作的事情要重视啊。

我心里面非常逆反，我一点也不喜欢她给我设计的新造型，我也不想跟着她去见什么了不起的人，我想我为什么要陷入这样的境地呢，被不熟悉的远亲评头论足，掂掂斤两并深以为憾。我不喜欢她那样评论我妈并断定她毫不作为，我觉得我妈从小到大把我捯饬得体体面面、干干净净，在这方面她从来不会吝惜金钱。我不喜欢她那种居高临下的语势和富含优越感的眼神。

姜叔叔知道了，说那咱们去晚报社实习吧，先混个脸熟。他找了党校的老同学，让我去做了实习生。实习期百无聊赖，自觉像个游进深海的蚂蚱，无从发力。办公室人来人去，我坐在角落的工作台上，完全不在状态。主任说那篇下岗工人回访的整版报道是你做的，大家都说好，我觉得有点雕琢呢。我就诺诺，木着脸不知道说什么。终于尘埃落定，报社留了几个人，当然没有我。等待消息的过程中，时间已经拖到了七月末。我没有任何合适的签约单位，仓皇中离校。辅导员说，你问问系里，好像准备招女辅导员，党总支老师很喜欢你，看她怎么说。我去找党委书记，她说你太瘦弱了，辅导员要处理好多突发情况，你这种体格碰到学生情绪波动，你拦都拦不住。还是好好准备考研吧，以后在教学岗位还比较有前途。

爸一生不爱求人，为我的事情求了自己的族兄。其间得到的都是积极的反馈，对人和事都抱了很大信心，最终没有下文。对方许是怯于情面，许是不好下台，一直推说再等等。别人的调令都已经拿到了，婶婶还在说，你不要着急，我们一步一步在推进了。

爸很懊悔，感慨人情经不起试炼，颇受了一些打击。他这一次的轻举妄动、贸然请托，令彼此都陷入了深深的尴尬。他和族兄，本来是少小相好，遥遥相望，到老也可以互相致意的温馨关系，现在无可挽回地生了嫌隙。爸心里气闷，听我说系里招辅导员，又动了念头，拉着我去拜会党委老师。我打了电话，那位老师说她现在有点事，有一拨客人，让我下午再来。

我和爸妈在校门外面的照相馆门口台阶上坐着，那时是八月。西安的八月非常热。爸很愤怒，他为什么又落到这种境地？要向人开口求告，要把命运放到别人手上发落。他对自己充满同情，对我生出了愤怒。他说你在学校里都学了些什么，你每天“嘚啵嘚啵”有一毛钱能用的吗？书看了几车，人情世故半点没学到，你自己看看你，一事无成。妈一言不发，用眼神制止他。我盯着眼下的地砖，想我还不如没有存在过，这样我就不用挨过这么难堪的一分钟、两分钟、十分钟、半小时。

我不知道我为什么要陷入这种窘境，我觉得我也不该陷入这种窘境，我的专业表现不差，我为校庆撰稿，为“2·11晚会”写串词儿，参加各种社团活动，我不知道这些在踏入社会时折算成实力时可以抵几张人情券？我陷入深深地迷惑，那时还没有“拼爹”这个词，但我想这一层联想也一定攫住了爸，有力打击了他的自尊心。

老师挺客气，但是语气冷漠，她帮不了我。她说这个工作不适合我，我在她心里不是合适的人选。她说，你如果想考研我可以帮你推荐导师。

爸妈领我回家，一路上不开口。回到家，爸坐在沙发上生闷气。妈开始做饭，我一个人在阳台上往下看，大地有一种古怪的吸引力，我想趴在上面什么也不想一定非常舒适。爸冲过来站在我身后边，抓住我的肩膀把我拽回来，把阳台上的门关起来，跟我说，贞啊，你可不能想不开。

我想他一定是想到了三叔，他以为我有了什么危险的念头。我说没有，我只是想静静。

爸开始帮我想出路，我说没有关系啊，我在家学习，考研究生。他说你万一考不上呢，你得留条退路。我不太理解他为什么如此痴迷于铁饭碗、退路诸如此类的安全感，我想那可能是他青少年时命运过分凶险而自己极度形单影只的关系。他的生活经验如此，我不能说服他，所以我们要一再展现自己的弱项、笨拙，羞怯地求人，忐忑而尴尬地承认我们是那么平凡而卑微的族群。

当处长的姜叔叔来找爸，聊我的事。他说娃想去晚报，我是安排不了，要想回公司，你早开口，我这没有问题。我帮你张罗，回公司也挺好的，让孩子进集团报社，一边复习一边上班，明年考上了研究生，咱就好好读书去，考得不理想，咱还有份工作。

九月份，我上了班，没有拿到安家费。报社在二楼，统共有十二三个人。社长是个戴眼镜的矮胖子，说话时总是翻着白眼。副社长笑眯眯的，每次看见我都说，小刘，你多吃点，看你瘦得跟初中生似的。我们每月工作很轻松，写四篇生产一线的稿件，其他时间读报喝茶，政治学习。我们同办公室的两位老记者要看新到手的写真时，就把我轰出去逛街，其他时间我把英文书放在抽屉里，上面盖着报纸，每天在办公室的大风扇底下，挥汗如雨地背单词。办公室的窗户外面有一棵泡桐树，病恹恹地开着紫花儿，一股溺亡的感觉。吊扇年久失修，“吱嘎吱嘎”像得了肺气肿。我每天都在想，不行，得从这逃开，不然就得和泡桐树相看两厌，跟大吊扇携手终老了。

十月，我去拜见了中文系的张孝评老师。他是浙江兰溪人氏，总是笑眯眯的，很像 TVB 的甘草艺员胡枫。我给他看我发表过的小说，他很喜欢，说你可以给我写信，谈谈生活里的事情。我每月给张老师写一封信，报告我生活里的近况，复习中遇到的问题，他总是回信，鼓励我好好备考。

一月，我请了假，参加研究生考试，到了学校发现忘带身份证了，又坐车回家，拿了证件再回学校。没有预定旅馆，学校的招待所已经爆满，师妹让我去她宿舍住。我借宿在她们宿舍，睡在她被窝里，她说我还记得你写的话剧——《撒旦的诞生》，她问那个男主角后来去哪儿了，我说不知道啊，没联系了。

考完试我回了家，爸问我：考得怎么样？我说还不错吧。每题都答得挺充分的。初试成绩揭晓，张老师打来电话，说考得不错，好好准备复试吧。复试结束，发了榜，我回去办理离职。

报社领导很生气，说他非常生气，感觉自己被戏耍了，我听他讲完，跟他说，没有什么要说的了吧，没有，我就走了，谢谢这段时间以来的照顾。他非常生气，本来要送给我的护眼灯也扣下了，那个季度的奖金也没有发给我。

我匆匆离开我的第一份工作，结束短暂的国企职员生涯。我上班的地方离家只有五分钟距离，我可以随时溜回去，吃个梨，看个电影，睡半个小时，当时觉得太舒适，如同一个囚笼，垫了海绵垫的囚笼。

23 岁，我回到学校开始认真读书，读我想读的书，性格有了很大变化，沉潜低回，对任何高蹈外扩的东西都不再感兴趣，在某些场合我几乎沉默寡言。

大四那年，妈在菜市场遇到了我的中学同学，她说，阿姨我们家的小店要盘出去，你现在没事，想不想接手呢。我妈就跟着她去了他们家的杂货铺，观察了一阵，发现店面很小，但是客流量蛮大，是个挺好的买卖。回来跟爸一商量，去大表哥工作的银行贷了款，把这个店面盘了下来。

爸说不跟人开口是对的，挣钱难，求人更难。妈开始了一年半的店主生活。每天晚上爸睡在店里，晚上关了门以后还有买烟买酒的青工来敲窗户，说，老刘生意来了啊。

那一年的春节，爸也是在店里度过的。裴叔叔拿着烧鸡和牛肉到店里，陪他喝到半夜。我跟爸说半天一天不看店没什么，他说，嗯，你一天不在，人家来买烟看不到你，就上别家去了。

我从学校回来，也去店里帮忙，那时是传呼机的时代，我们店里也装了公用电话。有一次，爸以为我找错了钱，大声呵斥我。我说，没弄错，公用电话计价器上显示是这么多。爸愣了半晌，跟妈说这个活不能干了，我为了五毛钱把刘贞骂了一顿。再干两年买卖，我得变成个什么样的人啊。

爸这样一个不爱跟人打交道的人，还当过一年半热情周到的售货员，现在想起来觉得挺戏剧化的。人这一生的走向，不能按照自己的剧本来，细想想，我们每个人还真没有固定的戏路。在某一个当口，你会发现，你远比你以为的柔软或坚韧。

准备考研的时候，我初中同学来我们家玩，劝我说，你们家这个情况，你就应该好好工作，别给你父母增添压力。我那个时候非常年轻，被自己的委屈和抑郁充满，也有全然的信心，觉得父母不会以我为负累，我跟他说我爸妈是支持我的。如今想来，我当时肯定给了他们很多的压力和麻烦，他们为了我，让渡了自己的很多原则，牺牲了自己的很多乐趣。我不能慨然接受，只当他们天然要爱我，必须要爱我。

我考研成功以后，爸在店门口挂了出让的牌子。过了一阵就把店面盘出去了。结束小店的时候，爸跟妈说服务业还就是不好干呢，钱难挣啊。

但是他看着我说，世上最难的事，不是挣钱，是求人。求人比登天还难。他说，我不爱看人脸，但是看了一辈子人脸。我就愿你这一辈子，不用求人了。

我怕一切人际纠葛，不擅长谋算人心。怕求人，怕觍颜，怕姿态上得不好看，怕一切不自在。就因为我怕，我才知道我爸有多怕，就因为我知道，所以我才无比感激他，为我所经受的折腾。一个人肯做自己最怕的事，把自己的自尊撅折了，哈着腰，矮下半头跟别人说软话，是因心里有爱。求人的姿态是卑微的，但他展示自己卑微的理由很伟大。他是一个深情的父亲，这世上最爱我的人。

他教我的最重要的原则就是，不要求人，而为了爱，我们会很多次地低下我们的头。

『太后』与我

妈这一代的职业女性，生于20世纪50年代，就业于20世纪70年代。腿上犹自带着泥土的气息，踏足在年轻的城市中，精神上一大半眷恋在乡村，秉持着朴素的价值观，像蜗牛一样负累前行。我作为一个结束职业生涯的中年女性，以她们那一代的实力，代入她们的眼光，检视我自己的人生表现，好像也只有“嫌弃”两个字。

那一代的职业女性，根本是硬生生把两份责任叠加，摞在肩膀上，强力扛起。认真想想，她们所掌握的技能和面对生活时展现的勇气，真的只能用超人来形容。

我妈刚结婚的时候，伺候公婆，熬过艰难的妊娠期生了我，休完产假就去上班。家里的事一出接着一出，不得已把我放在外婆家，到了晚上我抱着她不撒手，她就骗我说她去门上看看卖冰棍的来没来，到了门口她骑上车子就跑。我识破她的计划，大哭着追出去，外公奔出来把我架在肩膀上，我抱着他的脖子指挥他追妈妈去。

外公驾着我，一路下了塬，走过大桥，走出去两三里路，说妈妈是追不上了，跟外爷回去吃油馍馍。我哭得累了，趴在他背上被带回去，在田野里，被油菜花或一只粉蝶吸引，忘了我的悲伤。

幼年时经历了太多次的短暂分离，所以我对我妈没有特别的依恋。我喜欢她烫得很好看的波浪卷，也喜欢她秀气的高跟鞋，喜欢她带给我的点心和红色小布鞋，我也能接受她常常不在我身边。我在外婆、小姨和外公肩上，在酸枣树和玉米秆之间，排遣我的焦虑。后来，妈妈把我接到她身边，带着我一起上班，我开始习惯每天睡醒摸到的是妈妈的卷发，而不是外婆的发髻。克服了小小的尴尬以后，我开始变成我爸的跟屁虫，一道嘲笑我妈。

妈带着一丝轻蔑看待我们这对父女联盟，她说得罪了拿勺把子的，有啥好下场，还想吃小笼包不。

我妈打小能干，身手麻利，看不得别人笨手笨脚。宁可一个人受累，也不要别人搭手。我小时候见过她打土坯、做蜂窝煤、灌香肠、制黄酱、绣缝纫机罩、做沙发套、裁裤子织毛衣、拿挂历纸做门帘、用铁丝做衣架，还自己做过洗脸的胰子。家里一粥一饭，一丝一缕，每一样都有我妈的巧手创制。

我一向不美，小时候尤其丑。见过我的长辈性格耿直的，都说，啊呀，这娃没长好，咋没有妈妈漂亮呢。我那时候不服气，甩甩小辫，反驳人家说，女大十八变，越变越好看。我现在才五岁，还有十几变呢。除了样貌比不上我妈，我的动手能力也差得远，干起活来肢体不协调，动作僵硬。爸妈年轻时都是有名的能干人，站在他们中间，显得我更加笨拙。他们并不娇惯我，也派家务给我干。他们俩叉着手看我干一会儿，爸脸上就浮起了笑意，嘴角抿得很容忍。再过五秒，妈就忍不住了，扒拉开我，自己干起来。三下五除二，干完了，回头看看我，说这娃咋这么笨呢。

起初我也会羞惭，后来就变得泰然。世上比你还能干的人，有几个呢。我安于我的平凡，但是我妈认识到这一点，花了很长时间。

她常会盯着我叠被子、洗碗，发出“啧啧”的声音，脸上一副我就知道你会这么干的表情，等着逮我的错处。我心里就会泄气，反正已经被你看扁，不如我成全你，我把它做得更糟点。我在她那个表情的全程关照下做完我的活，叠好了被子。在我退到一旁的时候，她会上前打开我刚刚叠好的被子，按照自己的标准重新折叠一遍。叠的时候表情加倍凝重，手法愈加严密。于无声处见惊雷，在沉默中敲打你的神经，叠好之后再不慌不忙地看你一眼，饱含嘲讽、谴责、警告，以及不信任。

我的自尊心被吊打，感觉心灰意懒，连奋起直追的信心都没有，只想趴倒装死。不如不做，反正你不信任我会做得更好。我不是生来就惫懒，审美上我也有过高歌猛进的时代。

在人生的早期，我梳着两个羊角辫，羊角辫上还扎着斗志昂扬的鲜红蝴蝶结，在同侪和长辈中颇有些机巧、擅辞令的事迹，导致我妈对我有了一些错误的预判，怀了一点不切实的期待，在幻想的粉红泡泡里她希望我最终能成长为一个雷厉风行、出类拔萃、对社会有切实影响的人，往后眼见我越来越讷言，越来越懒散，失望渐次累积，她开始遗憾地说，我怎么发现你越来越像你爸了。

她不能容忍松懈和混乱，她从来没有放弃在我的世界里贯彻秩序感。在我开始工作，独立租房的那两年里，偶尔我会故意不叠被子，把豆子和米放在同一个储物格里，以我妈的眼光来审视我的房间，找到十个以上的纰漏之后满意地关上门上街。当她来过之后，走进厕所，你会发现你的毛巾被重新排序，牙刷的方向被重新规划了，镜子比平时更干净，洗发水和沐浴乳按照大小个儿站队，鞋柜里的鞋子和冰箱里的食物也经过了重组。整个空间飘散着消毒水和洗洁精的严格气息。她走后，我的世界里到处充满了惊叹号，你错了！你错了！你又错了！你看你这错漏百出的生活！

即使已经成年，她还是孜孜不倦地提醒我，好像要下雨了，一定要带着伞啊，不吃的菜一定要用碗扣起来，吃西红柿的时候一定要垫张纸在胸口，不然你的白衣服一定会弄脏。我唯有诺诺，回答得太小声她是不满意的，她会追问，你听见了吗？你听见了没有啊？！

我也发了愿在她面前一定要稳住，好好表现一次，但是她在旁边，喉咙里发出“欸”的前调，或舌尖上弹顶住上颚发出“啧”的一声轻响，我的意志就像木偶的提线被剪断，动作变形！卡带消磁！展示失败！ Game over！于是，她终于可以把那个“欸”拖长了呼出来，那个“啧”也得以有理有据地适时抒发，一锤定音，我又一次被钉在那个不及格的板子上，名字下面又加了一个红色的大叉。

直到三十几岁，我在客厅看电视，她还会从卧室里扬声提醒我，快睡觉！不要熬夜了！如果我不马上回答她，她就会一直叫我的名字，催促我答复，这让我精神紧张而情绪愈发懈怠，我会故意拖延，即使根本没有我想要看的节目，我也会再倒一杯水，再坐十五分钟，尽量拖延这种对抗，然后在几个回合之后，我认输，关灯睡觉。

回到卧室，为我自己的溃败而愤怒、羞惭。她并不理解我心里这些每天都在进行的交战，她觉得我的悖逆和漠然只是青春期滞后的表现。

大概，我的成长也是令她恐慌的吧。她会不停地问，你为啥把你的豆子放在你的冰箱里？为啥要把茄子切成滚刀块而不是长条形？你为什么要穿这双黑色平跟鞋而不是那双蓝色高跟鞋？为什么买这种酸奶不要那种？为什么你有十个黑包还要买黑色的包？为什么你早上起来什么都不吃就只喝咖啡，而晚上吃了一大堆还不肯睡？

为什么！为什么！为什么！我想跟她说我跟你是不同的。因为我跟你是不同的，世上并不是只有一种唯一正确的叠被子、切白菜、折袜子以及挂毛巾的方式，那些并不是我们生活的密码和核心。我可以以我的方式过这种极其杂乱无章的生活，但我内心快乐无比。我可以选择和她完全相反的原则组建我的美好花园。每个人的经验都是有时效的，再宝贵也不能在另一个人身上完全复制出一连串的胜利，何况这个人是那样地抗拒着胜利。

她爱我而带着那么多遗憾，这让我深感羞惭。

但我不能和她理论，我本来就不善于争论，尤其是面对她，她只有一句，我是你妈；还有一句，我是为你好；再来一句，我早就对你说过了。我就会把所有沟通、表达、剖白的欲望吞下去，拿出自戕的勇气说，好的，我知道了。在我们的对峙中，我唯一的优势就在于，我知道我永远不可能战胜她。所以我不缠斗，也不期待胜利。

所以，遇到我的另一半老倪，发现自己动静皆宜，庄谐两可的时候，我是那么欣喜。世上有一个人这样爱我而无须我做任何改变，世上有一个人视我为天然惊喜而不需我做任何努力，这感觉如此新鲜而甜美，即使是我爸，也希望我不要在某些方面那么像他，比如修正对社交的恐惧，最好克服对复杂的排斥，所以我要捍卫这种被全面接纳的感觉，因而不惜第一次认真地和我母亲反目。

为了这一次的一意孤行，我鼓荡了丰沛的勇气，储备了顽强的毅力，但是事实证明，我妈和我都不习惯真正的刀戎相向。经过短暂的对峙，她颓然地宣布她接受我对未来的选择。她说，你这么坚持，我和你爸也就没什么意见了，往后你们两个人就好好过吧。她买了最好的毛线，织了一件毛衣给老倪，很得意地拎着前襟给我看她新掌握的花样，怀着很真诚的疑惑，说，我真想不通你怎么能这么爱你们家老倪呢。我说，人生留点谜可猜，多有意思啊。

婚礼上我得到最珍贵的礼物，是包国志牧师送我的《圣经》。我想这一切都是神的美意。结婚十周年，情人节的时候，老倪在美国出差，用我的生日和结婚纪念日买了一注彩票，说是送给我的礼物，我说这辈子，我已经中了一次头奖了，那就是遇到你。

成为主妇的第五年，我们带着孩子移居日本小镇，我终于过上了我所擅长的简单生活，从此自由地呼吸，合理地做人，幸福地沉默。我日复一日地松弛和快乐，逃离她的视线，我和我的笨拙相安无事且亲密无间。妈妈和我的交流从长辈对晚辈密密匝匝的叮嘱到两代主妇间略显生涩的切磋，她开始慢慢惊异于我的成长。

终于她来探亲，旁观我蒸馒头、做蛋挞、包饺子、做锅盔，吃着我做的肉夹馍和凉皮，喝着我酿的梅子酒，看到我在这遥远的小镇安静地蜕变。看着我在超市里麻利地装箱，看着我在厨房里欢快地剁馅，她跟我爸耳语说，真没想到咱闺女现在这么能干。临走的时候她拉着我说，好好过吧，贞，咱们都好好过。

她开始打电话问我排骨是怎么烧的，火锅的料碗是怎么调制的，她开始渐渐认可我作为主妇的生活能力，这比一切褒奖都更让我高兴，高兴之余，也有很多心酸和悲凉。电话里妈妈语气不再那么铿锵，和我交流时她也开始使用商量甚至请教的口气，她强势了大半生，现在终于松弛了，可是那也不是我赢了她，只是她在岁月面前缓下脚步罢了。

相信很多人和我一样，和母亲有过漫长的对峙，在拉扯中经历了我们的少年和她们的壮年，然后我们成熟了，她们开始面对衰老。我渐渐理解她心里的恐慌，我们从她们的世界里茁生，带给她们希望和憧憬，也带给她们撕裂和冲击。回看我们的过去，一定有她们在守望。远眺我们的未来，也一定有她们在徘徊。在我们生命经行的每一个节点，都有她们的目光或近或远的盘旋，我们走得越远，这注视就越灼热越绵长。

那些妈妈费了半生没有教会我的，在岁月里，因着爱，我终于渐渐习得。

是的，亲爱的妈妈，我们都好好过吧。